Annette G. Krupka

Game

14 Fall um Katherina "Kate" Schulz

Impressum

© 2022 Annette Gisela Krupka
Herstellung und Verlag: BoD – Books on Demand,
Norderstedt
ISBN 9783754360590

Das Buch

In Fröbersgrün bei Plauen wird ein Landwirt ermordet. Kurz darauf gibt es eine weitere Tote, nur wenige Kilometer vom ersten Tatort entfernt.

Ein möglicher Täter, Achim Steinert, Mitbegründer einer Umweltaktion, der mit beiden Toten ständige Auseinandersetzungen hatte, ist schnell ausgemacht.

Hauptkommissar Köhler ist optimistisch, die Fälle möglichst zügig abzuschließen. Allerdings reichen die Beweise gegen den Umweltaktivisten nicht aus. Steinert muss aus der Haft entlassen werden.

Kurz darauf geschieht ein neuer Mord, direkt am Plauener Kemmlerturm.

Rechtsmediziner Professor Omar Amri stellt schnell fest, es ist die gleiche Tatwaffe wie in den beiden ersten Fällen.

Ist Steinert ein eiskalter Killer oder nur ein Rädchen in einem perfiden Spiel? Aber wie stehen die Morde dann im Zusammenhang?

Mike Köhler und seinem Team läuft die Zeit davon.

Schließlich ist es Kate Schulz, die einen bizarren Zusammenhang entdeckt.

„Man muss nicht gut spielen, es reicht, besser zu spielen als der Gegner."

Siegbert Tarrasch

Kapitel 1

Franz Weidler schloss sorgfältig das Tor des Schweinestalls. Dabei überprüfte er genau, ob der Schließzylinder einrastete und dann stellte er über sein Smartphone die Alarmanlage scharf.

„Wenn das mein Vater noch erlebt hätte, dass man hier alles sichern muss wie die Kronjuwelen, im Grab würde er sich umdrehen", murmelte er kopfschüttelnd und ging in Richtung seines Wagens, eines alten Ford Kombi, den er für seine Stall- und Weidebesuche nutzte. Entsprechend dreckig war das Auto, Schlammspritzer bis auf das Dach. Als er einsteigen wollte, sah er, dass er am Hinterrad einen Platten hatte.

„Scheiße, das fehlt mir noch", fluchte er leise. Brunhilde wartete mit dem Abendessen auf ihn und sie wurde sauer, wenn er zu spät kam. Er warf einen kurzen Blick zum Himmel, es dauerte noch eine Weile, bis es dunkel sein würde. Er öffnete den Kofferraum und suchte nach dem Ersatzrad und dem Wagenheber. Als er beides gefunden und neben das defekte Rad gelegt hatte, sah er, dass dieses regelrecht aufgeschlitzt war. Das war keine Scherbe oder ein Nagel gewesen, in das er reingefahren war, hier hatte jemand mit einem Messer zugeschlagen. Hektisch sah er sich um.

In diesem Moment kam ein Moped den Feldweg herangezottelt. Es war sein Nachbar, Karli Fischer mit seiner alten Simson SR2.

„Panne?", rief der über den Motorenlärm seines alters-schwachen Mopeds hinweg und hielt neben Franz an, ohne den Motor des Mopeds abzustellen. Aus gutem Grund, die Wahrscheinlichkeit, es problemlos wieder starten zu können, lag gegen Null.

„So eine Sau hat mir das Rad aufgeschlitzt, als ich im Stall war", brüllte Franz über den Lärm hinweg.

„Soll ich dir helfen?", bot sein Nachbar ziemlich halbherzig an.

Franz schüttelte den Kopf. „Sag bloß Brunni Bescheid, dass ich später komme. Ich wechsle das Rad und komm dann."

Karli beugte sich etwas vor und kniff die Augen zusammen, um besser sehen zu können. „Das sieht ja richtig übel aus."

Franz nickte. „Ja, und ich sag dir, das war wieder dieser Steinert, dieses Umweltarschloch. Erst bricht er, gemeinsam mit seiner bekloppten Ökotruppe, in meinen Schweinestall ein und befreit meine Muttersauen, wie er es genannt hat, weil die angeblich nicht artgerecht gehalten werden. Als ob mir da das Veterinäramt nicht schon längst auf `s Dach gestiegen wäre. Daraufhin musste ich noch Geld in eine Sicherheitsanlage investieren und jetzt schlitzt er mir das Auto auf. Weißt du was? Meine Geduld mit dem Gesocks ist am Ende. Dem hau ich so paar aufs Maul, das er sich umguckt."

Franz Weidler hatte inzwischen den Wagenheber unter dem Wagen platziert und pumpte ihn hoch.

„Mensch, mach keinen Mist, Franz", sagte Karli und

sah seinen Nachbarn an. Der war trotz seiner siebenundsechzig Jahre top in Form und hatte durch die jahrelange körperliche Arbeit beeindruckende Muskeln. Auch wenn Achim Steinert über vierzig Jahre jünger war, gegen Franz hätte er bei einer körperlichen Auseinandersetzung keine Chance.

Franz Weidler brummte nur und machte eine abfällige Geste.

„Willst du Wurzeln schlagen?", fuhr er schließlich Karli an. „Dein Moped verpestet ja hier alles. Mach los und sag Brunni Bescheid."

Dieser nickte und tuckerte den Feldweg weiter, bis er hinter einer Kuppe verschwunden war.

„Auch so ein Weichei", murmelte Franz und hob das defekte Rad herunter. Am besten, er legte es gleich in den Kofferraum, der noch offenstand. Er warf den Schraubenschlüssel neben den Wagenheber und legte das Rad in den Kofferraum, als er plötzlich hinter sich ein Geräusch hörte.

Er fuhr auf, stieß sich mit dem Kopf an der Kofferraumklappe und fluchte.

Noch während er Luft holte und seinen Kopf langsam von rechts nach links bewegte, sauste ein Gegenstand auf seinen Schädel und ließ ihn mit dem Oberkörper nach vorn in den Kofferraum fallen.

Zwei behandschuhte Hände hoben seine Beine an, stießen ihm komplett in den Kofferraum hinein und schlossen schließlich die Klappe über ihm.

9

Kapitel 2

„Fang", rief Kate, die gerade durch den Garten in
Richtung Terrasse gelaufen kam und prompt fing
Mike geschickt die Brötchentüte auf.

„Ich dusche nur kurz", sagte sie, warf ihm einen Luft-
kuss zu und verschwand im Haus.

Mike grinste in sich hinein. Jetzt war Tempo ange-
sagt, fix die Brötchen in den Korb, die Eier in die Ei-
erbecher und den kühl gestellten Orangensaft auf die
Terrasse tragen.

Er hatte noch nie eine Frau kennengelernt, die so
schnell wie Kate sich duschen und frisch anziehen
konnte. Und wirklich, wie auf Stichwort betrat sie die
Terrasse und ließ sich auf den Stuhl fallen.

„Das sieht aber lecker aus", sagte sie nach einem
Blick über den liebevoll gedeckten Frühstückstisch.
Mike stellte ihr einen Kaffee hin. „Stets zu Diensten,
Ma`am", sagte er mit einer eleganten Verbeugung
und dann gab er ihr einen Kuss auf die Lippen.
Lachend schlug sie mit der Serviette nach ihm. „Aber
James."

Dann nahm er neben ihr Platz, nachdem er Mascha
einen diskreten Schubs gegeben hatte. Die Katze sah
ihn vorwurfsvoll an, räumte aber das Feld, um sich
auf der breiten Steinmauer niederzulassen, den Frühstückstisch genau im Visier. Seufzend schüttete Mike
etwas Milch in ein Schälchen und stellte es vor sie
hin. Mit halb geschlossenen Augen und einem
Schnurren, das an einen Rasenmäher erinnerte,

schlürfte die Katze selig das Getränk in sich hinein.
Mike hob einen Arm und winkte hinüber zu den
Nachbarn. Frau König schob gerade einen voll bela-
denen Teewagen vorsichtig auf die Terrasse, während ihr Lebenspartner, Herr Winter, mit zwei Unterarmgehstützen hinter ihr herkam.

Der eigentlich rüstige Senior war vor zwei Wochen
unglücklich gestürzt und hatte sich eine Unterschen-
kelfraktur zugezogen. Da Frau König selbst stark mit
Rheuma belastet und er sonst ihre Unterstützung
war, halfen jetzt Mike und Kate, aber auch Omar und
Jasmin, wo immer sie konnten. So hatten sie ein recht
gutes Netzwerk aufgebaut, zu dem auch der tägliche
Brötchendienst seitens Kate gehörte.

Die beiden Senioren machten es sich bei dem herrlichen Wetter ebenfalls auf der Terrasse bequem und
prosteten Kate und Mike mit Orangensaft zu, was
diese erwiderten.

„In ein paar Wochen ist er wieder auf dem Damm,
sagt Omar", bemerkte Mike und nahm sich ein Brötchen. Kate nahm einen Schluck ihres Kaffees und angelte nach einem Croissant.

„Er soll sich nur mal ein bisschen von uns allen ver-
wöhnen lassen, was er immer für uns tut, das können
wir gar nicht abtragen", meinte sie und bestrich ihr
Croissant mit Erdbeermarmelade. „Übrigens auch
von ihm", sagte sie und deutete auf das Glas. Dann
biss sie kräftig hinein.

Auch Mascha hatte ihr Frühstück beendet und
streckte alle Pfoten von sich, um sich den Bauch von

der Morgensonne bescheinen zu lassen.

Mike nahm sich noch einen Kaffee. „Und, was hast du heute noch vor?", fragte er, sein Bereitschaftstelefon im Auge behaltend.

Kate lehnte sich etwas zurück. „Ich fahre dann raus nach Syrau zu Karla. Wir haben gegen 10.00 Uhr einen Videochat mit der Besitzerin von *Lohengrin* in Melbourne. Sie will sich heute entscheiden, ob sie ihn mir verkauft."

Mike sah sie an. Er wusste, wieviel ihr das Pferd, dass sie seit dem letzten Jahr regelmäßig ritt, bedeutete. Es stand im Gestüt und der Reitschule von Karla von Mauersbergen und da die Besitzerin erst nur beruflich in Australien zu tun hatte, im Prinzip in Logie. Aber jetzt hatte sich die ehemalige Profireiterin in das Land und in einen netten Australier verliebt und plante, für immer dort zu bleiben. Sie wollte dem Pferd die Strapazen eines Transportes nach Down Under nicht zumuten und da sie von Karla von Mauersbergen wusste, wie gut sich Kate um das Tier kümmerte, hatte sie gesagt, sie denke über einen Verkauf nach.

„Wie siehst du deine Chancen?"

Kate lächelte zufrieden. „Gut, sehr gut. Das sieht auch Karla so. Ich denke, wir machen es heute fest."

Mike lachte. „Soll ich schon einen Stall in Auftrag geben?"

Sie schüttelte den Kopf. „Unsinn, er bleibt natürlich bei Karla. Ich bin ruck zuck in Syrau."

In diesem Moment läutete Mikes Dienstsmartphone.

„Na, das nenne ich ja Timing", sagte Kate, stand auf und räumte das Geschirr auf das bereitstehende Tablett. Auch Mike erhob sich und ging die Stufen hinunter in den Garten, während er mit dem Dauerdienst sprach. Kate trug alles in die Küche und stellte das benutzte Geschirr in den Geschirrspüler. Sie war gerade fertig als Mike eintrat.

„Ich muss nach Fröbersgrün. Dort gibt es einen Toten. Sieht nach einem Gewaltverbrechen aus."

Sie nickte und ging mit ihm nach oben, um sich auch umzuziehen.

„Ich könnte dich eigentlich mitnehmen", sagte er, während er in ein frisches Hemd schlüpfte. „Liegt ja faktisch auf dem Weg."

Kate schüttelte den Kopf und stand schon in der Tür. „Lass mal, wie soll ich dann zurückkommen? Ich fahre selbst."

Als Mike unten an der Küche vorbeikam, hielt Kate ihm einen Thermobecher mit Kaffee hin.

„Hier, in der Pampa gibt`s mit Sicherheit keinen", sagte sie.

Mike lächelte und gab ihr einen flüchtigen Kuss.

„Was täte ich nur ohne dich?", sagte er und ging mit eiligen Schritten in Richtung Garage.

Kate nahm ihre Tasche und wartete nur, bis Mike die Ausfahrt hinausfuhr. Sie winkte ihm kurz nach und stieg in ihren Wagen.

Das kleine Dorf bei Plauen schien in heller Aufregung. Die freiwillige Feuerwehr und auch sonst schien alles, was Beine hatte, unterwegs, um den vermeintlich vermissten Bauer Franz Weidler zu suchen. Nun hatte man ihn gefunden, erschlagen im eigenen und von außen verschlossenen Schweinestall.

Als Mike vor Ort eintraf, musste er mehrfach hupen, um durch die Menschenmasse am Rande der Stallanlage zu gelangen.

„Was ist denn hier los?", fragte er Frieder Lein, der gerade mit der Spurensicherung diskutierte. Der junge Kommissaranwärter hatte Schweißperlen auf der Stirn. „Das ist das reinste Chaos. Also, wie die Spusi hier noch etwas finden will, das ist mir ein absolutes Rätsel."

Ein kräftiger Mittfünfziger kam auf Mike zugelaufen, ohne sich um die Hinweise der uniformierten Beamten, dies sei ein Tatort, zu kümmern.

„Sind sie der ermittelnde Beamte?", fragte er.

Als Mike, zugegeben etwas perplex nickte, streckte ihm der Mann mit einem erleichterten Gesichtsausdruck die fleischige Hand entgegen.

„Hardy Müller, ich bin der Ortsbürgermeister."

Mike ergriff die ihm dargebotene Rechte. „Hauptkommissar Köhler." Er deutete auf die Absperrung.

„Ich werde gleich zu ihnen kommen, aber inzwischen bitte ich sie, den unmittelbaren Sperrbereich hier zu verlassen."

Der Mann nickte beflissen. „Natürlich, wenn sie das sagen, Herr Hauptkommissar."

Mike sah aus dem Augenwinkel, wie Frieder die Augen nach oben drehte und musste sich ein Grinsen verkneifen.

In diesem Moment kam Omar Amri im XXL-Overall der Spurensicherung aus dem Stallgebäude und hielt direkt auf Mike zu.

„Schweinescheiße ist so das schlimmste was man riechen kann", sagte er und unwillkürlich wich Mike einen Schritt zurück. Der Pathologe hatte recht, es roch sogar aus der Entfernung furchtbar.

„Also,", sagte Omar und begann sich aus dem Overall zu schälen. „Der Mann, der vom Leiter der freiwilligen Feuerwehr als Franz Weidler identifiziert wurde, liegt in einem leeren Schweinekoben. Dieser wäre sonst für den Eber reserviert, aber er hatte zurzeit keinen. Unser Glück, sonst wäre von ihm nicht mehr viel übrig. Auf den ersten Blick würde ich sagen, er wurde erschlagen. Einen kräftigen Schlag auf den Hinterkopf. Fundort ist nicht der Tatort, aber das wird dir Karsten erzählen."

„Tatzeit?", fragte Mike vorsichtig, denn er wusste, dass Omar sich nicht gern in Hypothesen erging. Dieser wog den Kopf hin und her.

„Nach Ausprägung der Leichenstarre und der Umgebungstemperatur würde ich so auf gestern Abend tippen. Aber wie gesagt, nur tippen. Wenn Karstens Leute da drin fertig sind, bringen sie ihn gleich rüber zu mir."

Er nickte Mike zu und ging in Richtung seines SUV. „Ich geh erst einmal duschen", rief er über die

15

Schulter und stieg ein.

In diesem Moment kamen fast zeitgleich Marianne Jäger und Karsten Windisch auf ihn zu. Erstaunt sah Mike die Kommissarin an, die in einem hellen Sommerkleid so wenig dienstlich wirkte.

„Du hast doch frei", sagte er, worauf diese nickte.

„Ich wollte zu einer Freundin nach Bernsgrün, da sah ich die Blaulichter und bin gleich her."

Mike lächelte sie an. „Du siehst ja heute wie der leibhaftige Sommer aus. Aber geh nur zu deiner Freundin, du hast dein freies Wochenende."

Sie sah zu Karsten Windisch, der gerade neben sie getreten war. „Ich will nur noch zuhören, was du zu sagen hast, dann bin ich weg", sagte sie augenzwinkernd zu dem Leiter der Spurensicherung.

Der wandte sich halb zu der Menschenmenge um, die immer mehr anzuwachsen schien.

„Ein Schweinestall ist schon so der Alptraum eines Spurensicheres, aber das hier ist der Horrer, da gefühlt das halbe Dorf durch den Stall gelatscht ist."

Karsten war richtig sauer, das war ihm anzusehen. Schließlich winkte er ab. „Der Auffindeort ist nicht der Tatort, das hat dir sicher Omar schon gesagt. Es müsste viel mehr Blut hier sein und…"

In diesem Moment klingelte sein Smartphone. Er ging einen Schritt zur Seite und lauschte.

„Okay, lass ihn abholen", sagte er und wandte sich wieder Mike und Marianne zu.

„Der Wagen des Opfers. Sebastian hat ihn untersucht. Mit Sicherheit wurde das Opfer in seinem

eigenen Kofferraum getötet. Dort ist jede Menge Blut.
Wir lassen das Auto jetzt zu uns bringen und nehmen es dort gründlich auseinander."

Mike dankte ihm und winkte Frieder Lein heran, der
sich mit einem uniformierten Beamten unterhielt.
„Sag mir bitte, wer hat ihn denn eigentlich gefunden?" Er deutete in Richtung der offenen Stalltür.
Frieder lächelte begrüßend in Mariannes Richtung,
dann wurde er ernst.

„Also, Franz Weidler, der Tote, war gestern Abend
gegen 19.00 Uhr hier und hat seinen Stall abgeschlossen, sowie die Alarmanlage scharf gemacht. Das hat
uns ein Zeuge gesagt, Karli Fischer, sein Nachbar. Er
kam hier vorbei, als Weidlers ein Rad gewechselt hat.
Es wäre aufgeschlitzt gewesen. Darum hat er Fischer
gesagt, er solle seiner Frau Bescheid geben, dass er
später zum Abendessen kommt. Als er gegen 21.00
Uhr immer noch nicht zu Hause war, hat sich seine
Frau Sorgen gemacht und ist hier rausgefahren. Da
war der Stall ordnungsgemäß verschlossen und sein
Auto weg. Gegen 23.00 Uhr hat sie schließlich den
Leiter der freiwilligen Feuerwehr, der ihr Cousin ist,
benachrichtigt und der hat mit ein paar Kameraden
die Umgebung abgesucht, aber erfolglos. Sie haben
dann gemeinsam beschlossen, bis zum Morgen zu
warten und dann die Polizei einzuschalten. Aber vorher haben sie nochmal alles abgesucht und schließlich hat eine Krankenschwester vom Pflegedienst angerufen. Ihr war Weidlers Auto aufgefallen, das bei
Klein Amerika ziemlich versteckt bei einem einsamen

17

Haus stand, das sie aber morgens anfahren musste. Fast zeitgleich ist der Nachbar mit Weidlers Bruder, der in Dobia wohnt und gleich herüberkam, zu den Schweinen gefahren, um sie zu füttern. Den Schlüssel und die Kombination für die Alarmanlage hatten sie von der Ehefrau Weidlers. Da haben sie ihn gefunden. Tot im Verschlag."

Mike nickte. „Gut, dann werde ich mit der Ehefrau sprechen. Wo wohnt sie?"

Frieder deutete nach rechts, wo eine ältere Frau tränenüberströmt, von mehreren Menschen umringt stand.

„Der Kollege hier wollte sie nach Hause bringen, aber sie weigert sich zu gehen. Ihr Cousin, der Leiter der freiwilligen Feuerwehr, versucht es jetzt sie zu überzeugen."

Mike ging in ihre Richtung und die Menge vor ihm teilte sich wie das Rote Meer vor Moses. Schließlich stand er vor der Frau, die ihr nasses Stofftaschentuch zwischen den Händen rang und immer wieder von Schluchzern heimgesucht wurde.

„Bruni, sei doch vernünftig. Du kannst hier nichts tun. Ich bringe dich nach Hause und Veronika bleibt bei dir."

Die Frau schüttelte den Kopf und presste wieder das Taschentuch vor ihr Gesicht. „Ich kann doch nicht gehen und ihn hier allein lassen."

Mike trat noch näher an sie heran. „Frau Weidler? Ich bin Hauptkommissar Köhler. Sie sollten auf Herrn…" Er sah den stämmigen Mann um die Sechzig fragend an. Dieser straffte sich unwillkürlich.

„Porst, Heino Porst, ich bin Frau Weidlers Cousin und Leiter der freiwilligen Feuerwehr."

Mike ergriff die ihm dargebotene Hand. Dann wandte er sich wieder der weinenden Frau zu.

„Frau Weidler? Ich möchte ihnen noch einige Fragen stellen, wenn sie sich dazu in der Lage sehen."

Ein zögerliches Nicken erfolgte.

„Kommen sie, ich fahre sie nach Hause, dann können wir in Ruhe reden."

Ihr Cousin legte ihr eine Hand auf die Schulter.

„Bruni, ich kümmere mich hier um alles.

Sie stieß wieder einen lauten Seufzer aus. „Und Franz?"

Mike nickte dem Leiter der freiwilligen Feuerwehr über ihren Kopf hinweg zu.

„Darum kümmere ich mich auch, zusammen mit der Polizei. Ich bleibe hier", sagte er.

Nach einer Weile nickte die Frau resigniert.

Mike sah in Frieders Richtung, aber dieser versuchte gerade, das Chaos rund um ihn einigermaßen zu bewältigen.

Es war Marianne Jäger, die den Blick richtig gedeutet hatte und plötzlich neben Mike stand, der sie dankbar anlächelte. „Könntest du bitte Frau Weidler zu meinem Auto bringen? Ich komme gleich."

Marianne legte ihren Arm um die Schulter der schluchzenden Frau und führte sie in Richtung Mikes BMW. Dieser wandte sich inzwischen an den Leiter der freiwilligen Feuerwehr.

„Herr Porst, könnten sie bitte dafür sorgen, dass die Leute hier verschwinden und die Polizei und die Spurensicherung ihre Arbeit machen können?", sagte er, um einen kollegialen Ton bemüht.

Sein Gegenüber nickte.

„Natürlich, Herr Hauptkommissar, umgehend."

Kapitel 3

Kate stellte ihr Auto direkt neben den roten Mercedes
Cabrio, der Karla von Mauersbergen gehörte. Sie
ging langsam auf das Gelände, das um diese Zeit
noch verhältnismäßig leer war.

Aus einem der Ställe kam Pia Krasnitz. Die Endfünf-
zigerin hatte wie immer ihr, mit dichten weißen
Strähnen durchzogenes, Haar lässig zusammenge-
bunden und ihrem Carohemd war anzusehen, dass
sie Ställe ausgemistet hatte. Lächelnd winkte sie Kate
zu und deutete in Richtung des Wohnhauses.

Dort bewohnte sie eine kleine, geräumige Wohnung,
direkt neben den Büroräumen des Gestütes und über
den Wohnräumen von Karla.

Jetzt umarmte sie Kate, die sofort unter dem Geruch
nach Pferd und Leder einen Hauch von frischem Par-
füm wahrnahm.

„Karla ist noch ausgeritten, ich denke, sie kommt jeden Augenblick zurück. Komm, ich mache uns einen
Kaffee."

Mit energischen Schritten ging sie in Richtung Wohn-
haus. „Willst du dann mit *Lohengrin* ausreiten?",
fragte sie über die Schulter.

„Ja", sagte Kate und sah auf die Uhr. Es war bereits
kurz vor 10.00 Uhr.

„Carlos, sattelst du mal *Lohengrin*?", rief Pia jetzt mit
ihrer kräftigen Stimme quer über das Gelände.

An einer der Türen zu den Ställen erschien ein dun-
kelgelockter Kopf. „Mach ich", kam zurück.

21

Das repräsentative Haus, ein ehemaliges Jagdhaus, empfing sie mit angenehmer Kühle. Pia deutete nach oben. „Geh schon mal ins Büro."

Kate folgte der Aufforderung und setzte sich neben den Laptop, mit dem sicher der Videochat mit Australien stattfinden sollte.

Wieder sah sie auf ihre Uhr. Wo blieb Karla nur? Sie hörte es klappern und Pia Krasnitz kam mit zwei Kaffeetöpfen herein.

Sie schüttelte etwas den Kopf. „Wo nur Karla ist? Naja, ich schalte schon mal an. Im Wesentlichen geht es ja um euch als Besitzer beziehungsweise künftigen Besitzer von *Lohengrin*."

Sie reichte Kate den Kaffeetopf und hantierte inzwischen an dem Laptop herum. Anne Williams, die Besitzerin des Pferdes, erschien auch prompt auf dem Bildschirm.

„Guten Abend, oh, guten Morgen", sagte sie mit einem breiten Lächeln. Sie und Kate kannten sich bereits, allerdings auch nur per Chat.

„Karla ist leider noch nicht da, sie ist ausgeritten und hat wahrscheinlich die Zeit vergessen", stellte Pia klar, aber die Frau am anderen Ende der Welt machte eine beschwichtigende Geste.

„Ich denke, Frau Schulz und ich werden uns auch so einig, nicht wahr?"

Das kleine, sehr sorgsam restaurierte Fachwerkhaus lag am Rande von Fröbersgrün und als Mike gemeinsam mit Frau Weidler eintrat, setzte sich auch im Inneren die angenehme Atmosphäre fort.

Frau Weidler führte ihn in die geräumige, rustikale Wohnküche und bot ihm einen Platz auf der breiten Eckbank an, die direkt unter zwei Fenstern entlangführte.

„Darf ich ihnen etwas zu trinken anbieten?", fragte sie und Mike nickte. „Ein Wasser vielleicht?"

Sie brachte eine Flasche Mineralwasser, zwei Gläser und schenkte ein. Dann nahm sie Mike gegenüber Platz.

„Frau Weidler, erzählen sie mir bitte noch einmal, was seit gestern Abend passiert ist."

Fast genauso, wie Frieder es ihm berichtet hatte, fasste jetzt auch die Witwe von Franz Weidler die Geschehnisse des gestrigen Abend und des heutigen Morgens zusammen. Sie pausierte nur immer einmal, um sich die Nase zu putzen oder Tränen abzuwischen.

„Und als der Karli gesagt hat, jemand hätte Franz seinen Reifen zerstochen, da hatte ich schon Angst, er könne gleich zu dem Steinert gefahren sein, die Befürchtung hatte auch Karli. Wissen sie, Herr Hauptkommissar, mein Franz ist…"

Sie hielt kurz inne und schluchzte auf. „Er war ein guter Mann, fleißig. Hier hat er alles selbst in Stand gesetzt und auch nach seiner Rente hat er mit den Schweinen weiter gemacht. Aber mit anderen

Menschen ist er manchmal etwas ungeduldig und
…"

Sie weinte leise, aber Mike unterbrach sie nicht.
Schließlich hob sie den Kopf. „Ja, er konnte auch jäh-
zornig sein. Das dauerte zwar lange, aber wenn…"
Wieder schwieg sie, jetzt hakte Mike nach. „Was ist
mit diesem Steinert?"

Frau Weidler holte tief Luft. „Also, Achim Steinert
hat so eine Umweltinitiative gegründet und macht
sich nahezu im gesamten Umkreis damit Feinde."
Sie hob die Hand. „Nichts gegen Umweltschutz, Herr
Hauptkommissar. Da bin ich immer dafür, aber den
seine Ideen sind schon wirr. Er hat mehrfach Franz
angezeigt, wegen Nichteinhaltung des Tierschutzes.
Das stimmt aber nicht, im Gegenteil. Die Sauen haben mehr Platz als es das Gesetz vorsieht. Dann hat
er einmal mit zwei Freunden Franzens Muttersauen
befreit, wie er es nannte. Wir hatten zusammen mit
der freiwilligen Feuerwehr unsere Not, sie wieder
einzufangen, ehe sie auf die Straße rannten. Seitdem
hat Franz eine Alarmanlage."

Mike nippte an seinem Glas. „Und jetzt hatte er diesen Achim Steinert in Verdacht, seinen Reifen zerstochen zu haben?"

Frau Weidler nickte. „So hat es Karli, also Herr Fischer, mir gestern Abend gesagt. Und dass Franz
ziemlich sauer deswegen war."

In diesem Moment ging die Tür und eine voll-
schlanke Frau betrat die Küche. Sie sah von Frau
Weidler zu Mike und reichte diesem die Hand.

„Ich bin Veronika Porst."

Mike erinnerte sich, dass der Leiter der freiwilligen Feuerwehr gesagt hatte, seine Frau werde sich um Frau Weidler kümmern.

Er erhob sich. „Danke, Frau Weidler, ich werde mich wieder bei ihnen melden", sagte er und reichte ihr die Hand. Dann nickte er der Besucherin zu, die sich neben die Witwe setzte und den Am um sie legte.

Als er die Küche verließ, sah er, wie sich Brunhilde Weidler weinend an ihre Freundin klammerte.

Draußen zog er sein Smartphone aus der Tasche und wählte Frieders Nummer.

„Frag bitte einmal, wo dieser Armin Steinert wohnt, ich fahre dann gleich zu ihm."

Als er wegdrückte, sah er Kates Nummer auf seinem Display.

„Ja? Kate?", fragte er und sog dann die Luft ein.

Pia Krasnitz sah auf ihre Uhr und schüttelte den Kopf. „Gleich elf. Also das sieht Karla nun wirklich nicht ähnlich. Außerdem geht nur ihre Mailbox ran." Besorgt spähte sie aus dem Fenster. Kate erhob sich. „Wohin wollte sie denn?"

„Richtung Klein-Amerika raus, nach Bernsgrün vielleicht."

Klein-Amerika, das löste bei Kate immer ein leichtes Unbehagen aus. Immerhin hatte man sie dort einmal entführt, was sie fast mit ihrem Leben bezahlt hatte. Trotzdem wischte sie den Gedanken rasch beiseite und sprang auf.

„Weißt du was? *Lohengrin* ist gesattelt, ich wollte sowieso ausreiten, da suche ich die Gegend ab. Sie könnte ja auch gestürzt sein."

Pia runzelte etwas die Stirn. Als ehemalige Springreiterin mit Gold bei den Europameisterschaften galt Karla von Mauersbergen nicht nur als exzellente Reiterin, sie war auch, wie sie sagte, aus dem Alter heraus, irgendwelche unnötigen Risiken einzugehen. Trotz allem konnte ihr etwas passiert sein.

Ohne auf Pia zu warten, ging Kate hinüber in den Stall, wo bereits der gesattelte *Lohengrin* in der Stallgasse stand. Mit einem leichten Wiehern begrüßte er Kate, die er scheinbar als seine neue Besitzerin voll akzeptiert hatte.

Diese streichelte ihn kurz und nahm die Zügel. Inzwischen war ihr auch Pia nachgeeilt.

„Soll ich nicht mitkommen?", fragte sie, aber Kate winkte ab und schwang sich in den Sattel.

Sie hatte ein seltsames Gefühl, aber das wollte sie Pia auf keinen Fall sagen, um sie nicht unnötig zu beunruhigen. Aber die Tatsache, dass Karla von Mauersbergen über so einen langen Zeitraum nicht erreichbar war, machte sie mehr als stutzig. Dazu noch einen fest vereinbarten Termin platzen lassen, das sah der Geschäftsfrau nicht ähnlich. Kate war überzeugt das hier irgendetwas nicht stimmte. Trotzdem lächelte sie Pia zu, während sie *Lohengrin* sanft antrieb. „Falls wir uns nicht begegnen und Karla vor mir wieder da ist, ruf mich an, ja?"

Damit ritt sie im Galopp vom Gelände.

Marianne Jäger hatte sich von Frieder verabschiedet und stieg in ihren Golf. Mike hatte recht, sie hatte ein freies Wochenende und das wollte sie einmal genießen, und zwar ohne ihre Männer, wie sie schmunzelnd dachte. Sowohl ihr Mann wie auch ihre Söhne hatten für dieses Wochenende ganz individuelle Pläne, was ihr eine Familienauszeit bescherte.

Das kam selten genug vor, also sollte sie es genießen. Sie öffnete das Fenster und ließ die warme, mit dem typischen Dorfaroma getränkte Luft herein. Sie hatte die schmale Straße ganz für sich allein und sah plötzlich eine Reiterin, die vor ihr in Richtung Wald abbog.

„Kate?", rief sie und verzichtete auf die Hupe, um das Pferd nicht zu erschrecken. Die Reiterin wandte sich im Sattel um und lenkte das Pferd mit einer geschickten Wendung zurück zur Straße.

„Marianne", sagte sie, als sie neben dem Autofenster zum Stehen kam. „Ich dachte, du hast das Wochenende frei?"

Diese nickte. „Habe ich auch und ich will zu meiner Freundin nach Bernsgrün. Wir wollen einen Weibertag machen. Aber als ich vor mir das Blaulicht sah, konnte ich einfach nicht widerstehen."

Kate lachte. „Tja, die Berufskrankheit. Ich bin auf der Suche nach der Reitstallbesitzerin. Sie wollte schon seit einer Stunde zurück sein. Ich hoffe nur, sie ist nicht gestürzt."

Marianne sah in Richtung Wald. „Da kann ich dir leider nicht helfen."

Kate winkte ab. „Nein. Vielleicht ist es ganz harmlos und sie hat sich irgendwo verquatscht, soll bei Frauen ja vorkommen. Also, mach dir einen schönen Tag mit deiner Freundin"

Sie hob die Hand und galoppierte in Richtung Wald davon.

Als sie den Weg erreichte, der auch als Reitweg ausgelegt war, beugte sie sich leicht nach unten, um eventuelle Spuren zu sehen. Aber es war hier sehr trocken und daher nichts zu erkennen. Erst als sie weiter in den Wald eintauchte, sah sie relativ frische Hufspuren.

Es war also anzunehmen, dass es Karla war, die vorhin hier entlang geritten war. Kate folgte den Spuren bis zu einer Lichtung und stoppte abrupt.

„Karla", rief sie und sprang von *Lohengrin*, der mit einem leichten Wiehern *Cassandra*, die Stute von Karla von Mauersbergen begrüßte, die an deren Handgelenk mit den Zügeln befestigt war.

Kate rannte auf die, regungslos an einen umgestürzten Baum Liegende zu, stoppte aber ihren Lauf kurz bevor sie diese erreicht hatte.

Die Stute prustete nervös und schlug mit dem Kopf. Kate tätschelte sie beruhigend, nachdem sie sich davon überzeugt hatte, dass sie für deren Besitzerin nichts mehr tun konnte.

Karla von Mauersbergen war tot und das sicher bereits seit mindestens drei Stunden.

Was Kate aber verwirrte, waren die weißen Stoffhandschuhe mit Stickereien, die diese trug und einen großen, breitkrempigen Hut, der mit allerlei künstlichen Blumen und Früchten üppig und völlig geschmacklos dekoriert war.

Was immer dieses Arrangement ausdrücken sollte, Karla von Mauersbergen hatte es mit Sicherheit nicht selbst getan.

Kate sah sich um. Sie konnte auf den ersten Blick keine deutlichen Spuren entdecken, blieb aber stehen, um möglichst nicht noch mehr des Tatortes zu kontaminieren. Dann zog sie ihr IPhone aus der Hosentasche und rief Mike an.

„Hast du irgendetwas verändert?", fragte Karsten
Windisch, der Leiter der Spurensicherung, Kate,
während seine Leute die Waldlichtung großräumig
absperrten.

Kate nickte. „Ich habe die Stute vom Handgelenk der
Toten losgemacht und in den Schatten geführt. Sie
war extrem nervös und die Gesellschaft von *Lohengrin* hat sie beruhigt."

Sie reichte ihm ihr IPhone. „Vorher habe ich noch
diese Bilder gemacht."

Zufrieden nickte Karsten. Er war froh, dass es Kate
und nicht irgendein Wanderer gewesen war, der die
Tote gefunden hatte. Sie wusste, wie man sich an einem Tatort zu verhalten hatte, um nicht unnötig Spuren zu verwischen.

Inzwischen war auch Omar mit seinem SUV am
Waldrand angekommen und schälte sich gerade in
den Overall der Spurensicherung. Als er Kate sah,
zog er die Augenbrauen nach oben.

„Ich frage mich, warum ausgerechnet du immer über
Tote stolpern musst", sagte er und lächelte ihr zu.

Kate zuckte die Schultern. „Dieses Mal bin ich nicht
gestolpert, Omar. Ich habe Karla von Mauersbergen
gesucht und hatte die Befürchtung, dass sie einen
Unfall hat. Aber danach sieht es wohl eher nicht aus."

Omar kroch unter der Absperrung durch und
schaute die Tote eine Weile an. „Hat sie sich das
scheußliche Ding da selbst aufgesetzt?", fragte er
Karsten und deutete auf den Hut.

Dieser schüttelte den Kopf. „Wohl eher nicht."

Omar ging näher und umrundete die Tote.

Dann sah er Karsten an. „Kann ich den Hut runternehmen?"

Dieser nickte. „Natürlich."

Omar kniete sich neben den Baumstamm und lüpfte vorsichtig den Hut. Er reichte ihn Karsten, der ihn sofort in eine Beweismitteltüte steckte.

Omar hob den Kopf der Toten etwas nach oben und inspizierte den Hinterkopf.

Schließlich erhob er sich stöhnend. „Ein kräftiger Schlag auf den Hinterkopf, ein so kräftiger Schlag, dass sie sofort bewusstlos, wenn nicht gar tot gewesen ist. Das habe ich heute schon einmal gesehen, bei diesem Bauer in Fröbersgrün. Gleicher modus operanti. Und dann noch die räumliche Nähe…"   Er sah Kate an, die langsam die Luft einsog.

Karsten Windisch deutete inzwischen nach rechts und rief einen seiner Mitarbeiter heran.

„Reifenspuren, aber nicht von einem Auto oder Motorrad. Ich würde auf ein Mountainbike tippen."

Zufrieden lächelte er. „Na das nenne ich doch mal eine richtig gute Spur."

In diesem Augenblick näherte sich Mikes BMW.

Kate sah in seine Richtung. „Das hier wird Mike nicht gefallen", murmelte sie leise.

Kapitel 4

Pia Krasnitz nahm wortlos eine Schnapsflasche aus dem Büroschrank und goss sich ein Glas Vogtlandbitter ein. Dieses leerte sie in einem Zug. Dann sah sie von Kate zu Mike und zuckte die Schultern.

„Entschuldigung, aber…" Sie brach ab und stellte das leere Glas mit einem Knall vor sich hin.

„Erschlagen? Wirklich? Also kein Unfall?"

Mike schüttelte den Kopf. „Frau Krasnitz, hatte Frau von Mauersbergen Feinde?"

Die Angesprochene starrte eine Weile vor sich hin.

„Feinde? Nein, also Feinde, wirklich nicht."

„Was ist mit ihrem Ex-Mann?", fragte jetzt Kate, aber Pia Krasnitz lachte laut auf.

„Friedrich? Der würde sich eher selbst erschlagen. Nein. Friedrich von Mauersbergen ist der sanfteste und harmloseste Mensch, den man sich vorstellen kann."

„Und warum ging die Ehe dann auseinander?"

Pia warf Kate einen bedeutungsvollen Blick zu.

„Weil er ein Träumer ist, ein Phantast. Philosoph, ich sage weiter nichts. Karla ist…" Sie stockte und holte tief Luft. „Karla war eine Macherin, so kennst du sie doch auch?" Sie sah Kate eindringlich an, die zustimmend nickte.

Pia Krasnitz lächelte etwas. „Na also. Irgendwann hat sie es nicht mehr ausgehalten. Sie haben sich ganz in Frieden getrennt und sind gute Freunde. So etwas soll es geben."

Mike runzelte die Stirn. „Und wer erbt jetzt das Gestüt und alles hier?"

Pia Krasnitz holte tief Luft. „Wenn sie das als Motiv sehen, müssen sie mich verhaften, Herr Hauptkommissar. Karla und ich haben uns schon vor einigen Jahren, als ich hier mit eingestiegen bin, gegenseitig zum Erben eingesetzt. Ich habe einen Teil meines Vermögens hier mit eingebracht. Das ist alles sauber notariell hinterlegt."

Mike nickte. „Gut, es gab also niemand, mit dem Frau von Mauersbergen einen Disput hatte, Streitigkeiten, irgendetwas?"

Pia Krasnitz sah ihn eine Weile schweigend an, dann bewegte sie langsam den Kopf auf und ab.

„Ja, da war dieser Steinert, mit dem hatte sie sogar einen Gerichtsprozess, aber…"

Mike fuhr mit dem Oberkörper etwas nach vorn.

„Achim Steinert, aus Fröbersgrün?"

Die Frau ihm gegenüber nickte erstaunt.

„Ja, der selbsternannte Umweltaktivist. Wie gesagt, er war mit Karla sogar einmal vor Gericht. Er hat sie beschuldigt, ihre Reitgäste würden den gesamten Wald zertrampeln, was nicht stimmte. Jeder wird bei uns darüber belehrt nur die ausgewiesenen Reitwege zu nutzen. Jedenfalls hat er hier mehrfach Plakate angebracht und mit ein paar Freunden vor dem Gestüt demonstriert. Karla hat versucht, vernünftig mit ihm zu reden, aber das ging nicht. Also ging er vor Gericht und da hat er haushoch verloren. Er durfte sich dem Grundstück nicht mehr nähern, eine klare, gerichtliche Auflage. Das hat er aber nicht eingehalten. Erst vergangene Woche war er wieder hier und wollte Karla sprechen. Sie war nicht da, also wirklich nicht da. Ich habe ihn weggeschickt und er ist auch anstandslos gegangen."

Mike erhob sich und entschuldigte sich kurz.

Dann ging er nach nebenan. „Frieder? Ich habe diesen Steinert vorhin nicht erreicht. Fahrt noch mal zu ihm und bringt ihn ins Polizeipräsidium."

Irgendwie hatte Mike sich diesen Achim Steinert anders vorgestellt. So als Typ Altachtundsechziger mit Rentierpulli und langen Haaren.

Jetzt saß ein zierlicher junger Mann mit modisch kurzem Haarschnitt, bekleidet mit einer ziemlich neuen Jeans und einem beigen T-Shirt ohne Aufschrift vor ihm. Seine hellen, wachen Augen waren die ganze Zeit auf Mike geheftet, obwohl auch Frieder Lein mit im Raum saß.

„Warum bin ich hier, Herr Hauptkommissar?", fragte er jetzt mit einer erstaunlich melodischen Stimme.

„Hat ihnen das Herr Lein nicht gesagt?", entgegnete Mike.

Sein Gegenüber nickte bedächtig. „Ja. Er fragte mich, wo ich gestern Abend gegen 20.00 Uhr gewesen war und heute Morgen gegen 8.00 Uhr."

Mike zog die Augenbrauen nach oben. „Ja. Bitte, könnten sie das uns sagen?"

Achim Steinert atmete langsam ein. „Warum sollte ich?"

Mike ließ sich nicht provozieren. Er legte zwei Tatortfotos so vor sich hin, dass Steinert sie sehen konnte.

„Weil gestern Abend Franz Weidler und heute Morgen Karla von Mauersbergen ermordet wurden und mit beiden Toten hatten sie, Herr Steiner, mehrere Auseinandersetzungen. Daher sind sie verdächtig, etwas mit den beiden Morden zu tun zu haben. Also?" Mike klopfte mit dem Zeigefinger abwechselnd auf die beiden Fotos.

Aber Steinert sah sie nicht an, geradezu krampfhaft starrte er auf die gegenüberliegende Wand.

„Ich habe niemand getötet, Herr Hauptkommissar. Ich bin Pazifist, ich verabscheue jede Art von Gewalt."

Mike ließ sich zurückfallen auf seinen Stuhl und verschränkte die Arme vor der Brust. „Aber bei Herrn Weidler in den Stall einbrechen und die Muttersauen herauslassen, das ist für sie in Ordnung? Sie wären in ihrer Panik fast auf die Straße gerannt und überfahren worden. Wo ziehen sie ihre Grenze, Herr Steinert?"

Der junge Mann beugte sich nach vorn und sah Mike wieder intensiv an. „Diese Tiere wurden nicht artgerecht gehalten, sie…"

„Quatsch", unterbrach ihn Mike so schroff, das Steinert zurückwich. „Die Tiere haben mehr Platz als das Veterinäramt vorschreibt und es gab auch so keine Beanstandungen. Was sie getan haben ist Einbruch und Sachbeschädigung, Punkt. Und bei Frau von Mauersbergen war es Belästigung und Hausfriedensbruch. Das haben sie sogar schriftlich vom Gericht."

Noch ehe Steinert etwas sagen konnte, lehnte sich Mike nach vorn, sodass er ihm sehr nahekam.

„Haben sie ein Mountainbike, Herr Steinert?"

Dieser schluckte kurz.

„Ja", sagte er zögerlich und seine Augen glitten zwischen Mike und Frieder, der bisher geschwiegen hatte, hin und her.

Mike lächelte. „Dann haben sie sicher nichts dagegen, dass wir uns das Rad einmal ansehen? Wir haben nämlich Reifenspuren am Tatort gefunden."

Armin Steinert wurde zusehends blasser und Schweißperlen traten auf seine Stirn.

„Wollen sie uns etwas sagen?", fragte Mike nach einer Weile.

Steinert starrte auf die Tischplatte, auf der noch immer die beiden Bilder lagen. Langsam fuhr sein rechter Zeigefinger nach vorn und tippte auf das Foto von der toten Karla von Mauersbergen.

„Ich war dort", sagte er leise und holte tief Luft. „Ich hörte das Pferd, aber ich konnte erst die Richtung nicht bestimmen. Ich war ärgerlich, weil ich dachte, dass wieder ein Reiter von diesem Gestüt quer durch den Wald prescht, ohne Rücksicht auf…"

Er brach ab und schluckte. „Ich wollte es fotografieren, um endlich einen Beweis zu haben was diese Leute anstellen, weil sie glauben, sie haben Geld und können sich alles erlauben."

Mike klopfte mit den Fingerknöcheln auf den Tisch.

„Herr Steinert, verschonen sie uns bitte mit irgendwelchen ideologischen Tiraden. Haben sie Frau von Mauersbergen getötet, ja oder nein?"

Steinert war unter dem schroffen Ton zusammengezuckt. Dann schüttelte er den Kopf.

„Nein, natürlich nicht. Als ich endlich die Richtung bestimmt hatte, sah ich das Pferd und daneben…"

Er hielt kurz inne und schluckte.

„Frau von Mauersbergen, mit diesem seltsamen Hut.

Sie lehnte an dem Baumstamm und der Zügel des Pferdes war um ihr rechtes Handgelenk gewickelt. Ich dachte, sie ist vielleicht gestürzt und ich kann ihr noch helfen. Also habe ich mein Rad an den Baum gelehnt und bei ihr den Puls gefühlt. Aber sie war tot. Wirklich. Das müssen sie mir glauben."

Mike schüttelte langsam den Kopf.

„Und da sind sie nicht auf die Idee gekommen, einen Notarzt oder die Polizei zu rufen?"

Steinert griff nach dem Glas Mineralwasser, das vor ihm stand und nahm einen Schluck. Dann sah er Mike wieder an. „Ich wollte es zuerst, wirklich. Aber erstens war ich mir sicher, dass Frau von Mauersbergen wirklich tot ist. Ich habe mal ein paar Semester Medizin studiert, ehe ich es abgebrochen habe, weil…"

Er machte eine Geste. „Ist auch egal. Jedenfalls, sie war tot und da glaubte ich noch an einen Unfall. Aber warum war der Zügel um ihr Handgelenk geknotet? Das macht doch niemand und dann der Hut und die weißen Handschuhe, die waren blütenrein, damit kann sie nicht geritten sein. Da wusste ich, dass jemand sie umgebracht hat und da war mir klar, dass man mich verdächtigen würde, weil ich mit ihr diesen Streit hatte."

Sein Blick war jetzt richtiggehend flehentlich, was Mike aber keinesfalls beeindruckte. „Gut, und wo waren sie gestern Abend, ab zirka 20.00 Uhr?"

Steinert ließ den Kopf sinken. „Das war, als Herr Weigert umgebracht wurde?"

39

Mike schwieg.

Sein Gegenüber atmete tief ein. „Ich war unterwegs, mit meinem Mountainbike. Allein. Aber ich habe weder ihn noch Frau von Mauersbergen getötet."

Mike erhob sich und sah lange auf Achim Steinert hinunter, der jetzt seinen Blick zu ihm anhob.

„Es sieht nicht gut aus für sie, Herr Steinert", sagte Mike schließlich und verließ den Raum.

Staatsanwalt Doktor Gebhardt lief in seinem Büro auf und ab. „Er hat also für beide Taten kein Alibi und gibt zu, am zweiten Tatort gewesen zu sein?", fragte er und sah Mike stirnrunzelnd an.

Dieser nickte. „Ja. Und das hat er auch erst zugegeben, als wir ihn mit den Spuren von einem Mountainbike am Tatort konfrontiert haben."

Gerbhardt lief langsam in Richtung seines Schreibtisches. „Gut. Er bleibt erst einmal in Gewahrsam. Aber sehen sie zu, dass sie die Beweiskette schließen. Lange können wir ihn sonst nicht festhalten und wenn er einen guten Anwalt hat…"

„Denke ich nicht", unterbrach ihn Mike, doch der Staatsanwalt winkte ab. „Da habe ich schon ganz andere Sachen erlebt." Dann sah er Mike nachdenklich an. „Aber es ist schon seltsam, zwei Morde in so kurzem Abstand und was sollte denn diese Maskerade bei Frau von Mauersbergen?"

Mike zuckte die Schultern. „Vielleicht sollten wir den jungen Mann einfach mal psychiatrisch begutachten lassen? Es könnte ja sein, dass sich seine Passion zur Obsession entwickelt hat und er sich jetzt als so eine Art Retter sieht."

Doktor Gebhardt stöhnte auf. „Bloß das nicht. Aber gut. Vielleicht könnte uns Doktor Feigler hier wieder als externer Gutachter behilflich sein."

Mike nickte und nahm das Schriftstück, das der Staatsanwalt ihm hinhielt. „Ich gehe erst einmal in die Pathologie, vielleicht gibt es dort neue

Erkenntnisse", sagte Mike und verabschiedete sich.

Als Mike an der Pathologie aus dem Auto stieg, kam ihm gerade Kerstin Nagler, Omars Assistentin, entgegen. Sie trug ein kurzes, helles Sommerkleid und strahlte Mike an.

Dieser lächelte zurück. „Feierabend?", fragte er und sie lachte. „Der Chef meinte, es reicht, wenn er da ist. Ich müsse mir nicht auch den Sonntagnachmittag versauen."

Mit einem Winken rannte sie los und Mike sah, wie sie in ein Auto einstieg, zweifellos das von ihrem schottischen Freund, der als Assistenzarzt in der Neurochirurgie arbeitete.

Mike stieß die Tür zum Pathologischen Institut auf und hörte Omars dröhnende Stimme. Er diktierte gerade einen Bericht. Er trat in das Büro des Pathologen und klopfte leise an die Innentür. „Erschreck nicht", sagte er und Omar hob den Blick.

„Warum sollte ich?", fragte der und legte sein Diktiergerät aus der Hand. „Meine Klienten pflegen nicht mit mir zu sprechen, verbal, meine ich."

Er grinste und deutete Mike, Platz zu nehmen.

„Ich habe gerade Kerstin Nagler getroffen."

Omar nickte. „Ich habe sie nach Hause geschickt. Ohne sie wäre ich kaum so schnell fertig gewesen." Dann nahm er seinen Laptop. „Also, ich kann es kurz machen. Bei beiden Toten handelte es sich um extreme Gewalteinwirkung auf den Hinterkopf. Karla von Mauersbergen war sofort tot, Franz Weidler bewusstlos. Er starb kurz nach Ablage im

Schweinestall. Es war bei beiden die gleiche Tatwaffe, ein metallener Gegenstand, eher eckig, mit einem eigenartigen Profil. Ich habe Karsten schon die Details dazu geschickt."

Mike nickte und dachte eine Weile nach. „Kannst du etwas sagen, wie groß der Täter war?"

Omar sah wieder in seinen Laptop. „Also, Franz Weidler hat sich, nach Spurenlage, in den Kofferraum seines Autos gebeugt und wahrscheinlich sein defektes Hinterrad hineingehoben. Er musste wohl etwas gehört haben, ist aufgefahren und hat sich an der Kofferraumklappe den Kopf gestoßen. Karstens Leute haben dort Blutspuren gefunden und ich eine kleine Verletzung. Dann hat der Täter zugeschlagen. Dabei hatte Weidler den Kopf noch gebeugt, also kann ich zur Größe nichts sagen. Anders bei Karla von Mauersbergen. Sie muss gestanden haben."

Er wischte auf seinem Laptop hin und her. „Ich habe hier ihre Körpergröße, 166 Zentimeter. Da sie Reitstiefel trug, kommt sie mit Sohle kaum auf 170 Zentimeter. Also dürfte unser Täter so um die 180 Zentimeter oder größer sein."

Mike ließ langsam die Luft aus. „Achim Steinert ist relativ klein, ich denke knapp 170 Zentimeter."

Omar zuckte die Schultern. „Er könnte auf einem Baumstumpf oder ähnlichem gestanden haben, aber die Balance halten und so einen Schlag ausführen…schwierig."

Mike stand auf und nickte Omar zu. „Danke erst mal", sagte er und hob die Hand, um sich zu verabschieden.

Kapitel 5

„Gut, er hatte mit Weidler und Karla Streit. Aber selbst, wenn er beide erschlagen hat, warum dann die seltsame Maskerade von Karla?", fragte Kate Mike, während sie für sie beide einen Kaffee aus dem Automat ließ.

Auf dem Küchentisch stand ein frischer Quarkkuchen. Ungläubig starrte Mike diesen an.

„Hast du den etwa selbst gebacken?", fragte er geradezu ehrfürchtig und Kate drehte sich lachend zu ihm um. „Hallo? Du hast aber schon gewusst wen du heiratest, also jetzt keine Klagen bitte."

Sie tippte ihm mit dem Zeigefinger gegen die Brust.

„Nein, er ist von Ernst Winter. Er wollte sich bedanken für den kostenlosen Brötchenservice der letzten Wochen."

Sie setzte sich zu Mike an den Tisch und ließ das Messer durch den butterweichen Kuchen gleiten. Nachdem sie sich und Mike ein Stück auf den Teller gelegt hatte, sah sie ihn fragend an. Mike ergriff mit einem Stirnrunzeln die Kuchengabel.

„Kate, ich weiß es nicht. Vielleicht hat er eine psychische Störung, keine Ahnung."

Diese lehnte sich zurück und sah ihren Mann so lange und intensiv an, bis dieser den Blick hob.

„Was?", fragte er und sie lächelte etwas.

„Was?", wiederholte sie.

Mit einem Seufzer stellte er den Kuchenteller zurück auf den Tisch. „Nach Omars Expertise kann Steinert nicht der Mörder gewesen sein, er ist zu klein. Natürlich könnte er sich auf irgendeinen Gegenstand gestellt haben, aber erstens gibt das die Spurenlage nicht her und zweitens, meint auch Omar, wäre das für die Wucht des Schlages schlicht undenkbar, da die Balance zu halten."

Kate nickte nachdenklich und nahm sich noch etwas Kuchen. Während sie gedankenverloren darauf herumkaute, meinte Mike: „Jeder Anwalt zerreißt uns das in der Luft. Wir müssen ihn nach der jetzigen Spurenlage gehen lassen."

Er sah Kate an, die noch immer schwieg. Schließlich sah sie auf. „Was sollten der Hut und die Handschuhe bedeuten?", fragte sie leise.

Mike zuckte die Schultern.

Kate legte sorgsam die Kuchengabel neben ihrem Teller ab und lehnte sich zurück.

„Der Täter und ihr geht doch von einem Mann aus, oder?"

Mike nickte. „Laut Omar, ja. Es muss ein erheblicher Kraftaufwand gewesen sein, mit dem der Täter zugeschlagen hat und dann die Größe. Ja, ich denke schon."

Kate fuhr sich langsam mit der Hand über die Stirn.

„Er hat von hinten zugeschlagen, beide Male."

„Ja", sagte Mike. „Scheinbar hat er beide überrascht."

Kate wog den Kopf hin und her.

„Das oder er hat keine Beziehung zu ihnen. Er wollte sie gar nicht anschauen. Bei der Wucht denkt man an eine persönliche, emotionale Tat. Aber es gibt keine Verbindung zwischen den beiden Opfern, außer

Achim Steinert."

Mike erhob sich und ging in der Küche auf und ab. Schließlich blieb er vor Kate stehen. „Wie meinst du das, keine Beziehung?"

Kate sah zu ihm auf. „Wie du mir diesen Steinert geschildert hast, ist er eher der emotionale Typ. Er hätte mit Karla und diesem Weidler sicher diskutiert, gestritten, ja, vielleicht hätte er auch einen im Affekt erschlagen. Aber nicht beide innerhalb kurzer Zeit und von hinten. Und dann noch Karlas Maskerade. Das passt doch nicht."

Mike holte tief Luft. Alles was Kate sagte, war ihm auch schon teilweise durch den Kopf gegangen.

Dieser Achim Steinert war ein Mensch mit einer Mission. Er wollte Zeichen setzen, vielleicht auch provozieren. Aber eiskalt morden?

Er setzte sich Kate wieder gegenüber und stützte die Arme auf den Tisch. „Du meinst also, unser Täter hat überhaupt keine Beziehung zu den Opfern? Er hat sie zufällig ausgewählt?"

Kate hörte in seiner Stimme, dass er selbst nicht so recht an das glaubte, was er gerade aussprach.

Aber sie nickte langsam. „Ja und nein. Die Opfer hat er nicht ausgewählt, weil er zu ihnen eine Beziehung hatte, sondern weil er ein Zeichen setzen will. Etwas, was wir noch nicht erkennen."

Mike stöhnte hörbar auf. „Bitte nicht wieder irgendein Psychopath, der…"

Kate griff über den Tisch und legte ihre Hand auf die

seine. „Es tut mir leid. Aber ich fürchte fast, Franz Weidler und Karla von Mauersbergen sind nicht seine letzten Opfer."

Mike betrat mit Marianne Jäger das solide Einfamilienhaus am Rand von Fröbersgrün, dessen Garten die geübte Hand einer Hobbygärtnerin oder eines Hobbygärtners erkennen ließ.

„Meine Frau hat eindeutig den grünen Daumen, der mir abhandengekommen ist."

Hardy Müller, der Ortsbürgermeister, stand in der Eingangstür des Hauses und grinste breit über sein fleischiges Gesicht. Dann deutete er nach innen. In dem gemütlich eingerichteten Wohnzimmer saß am Tisch Heino Porst, der Leiter der freiwilligen Feuerwehr.

„Ich dachte, ich rufe Heino gleich an das er herkommt. Da sparen sie sich einen Weg."

Hardy Müller deutete einladend auf die freien Stühle. Mike wusste nicht, ob es ihm so recht war, dass er die beiden Männer nicht einzeln befragen konnte, aber es war nun einmal so wie es war.

Der Ortsbürgermeister brachte eine Kaffeekanne und sah die Anwesenden fragend an.

Marianne nickte und er schenkte allen ein. Dann deutete er auf den gut bestückten Kuchenteller.

„Greifen sie zu. Meine Frau bäckt selbst und das gut, leider zu gut."

Er griff sich an den gut definierten Bauch und zwinkerte den Anwesenden zu. Dann nahm auch er Platz.

„Also, wie können wir ihnen helfen?", fragte er, von Mike zu Marianne blickend.

Heino Porst beugte sich etwas nach vorn.

„Glauben sie wirklich das es der Achim war, ich meine, die Morde?"

Der Zweifel in der Stimme war deutlich zu hören. Mike sah ihn an. „Sie nicht?"

Der Leiter der freiwilligen Feuerwehr und der Ortsbürgermeister wechselten einen Blick. Letzterer schüttelte bedächtig den Kopf.

Marianne, die sich ein Stück des wirklich appetitlich aussehenden Kuchens genommen hatte, sah zu ihm hin. „Warum denken sie, dass Achim Steinert nichts mit dem Tod von Franz Weidler und Karla von Mauersbergen zu tun hat?"

Hardy Müller seufzte. „Ich kenne Achim, seit er ein Baby war. Seine Eltern waren beide aus Fröbersgrün, tüchtige Leute. Sein Vater ist Bauleiter und seine Mutter war Sekretärin."

„War?", wandte Marianne ein.

Müller nickte betrübt. „Ich denke, das hat was mit Achim gemacht. Er war 13 Jahre, ein toller Junge. Er hat in der Fußballmannschaft gespielt und war ja auch bei euch in der Jugendfeuerwehr."

Er sah zu Heino Porst, der mit vollem Mund zustimmend nickte.

„Jedenfalls", fuhr der Ortsbürgermeister fort. „Katrin Steinert hatte einen Autounfall. Ein Idiot ist ihm mit überhöhter Geschwindigkeit voll in die Seite gekracht. Sie war sofort tot."

Er holte tief Luft und nahm einen Schluck Kaffee.

„Der Idiot war Peter Lätsch aus unserem Dorf. Hat schon immer gern mal einen über den Durst getrunken und an dem Abend war er sternhagelvoll. Er wurde verurteilt, aber da er alkoholkrank war…" Müller malte mit den Fingern Ausrufezeichen in die Luft. „…kam er reichlich glimpflich davon. Jedenfalls hat Robert, also Achims Vater, seine Arbeit gekündigt und ist mit ihm nach Berlin gezogen. Wir wollten ihn alle davon abbringen, aber es nutzte nichts. Er hat sein Haus verkauft und weg war er."

Hardy Müller schüttelte den Kopf, fuhr dann aber fort. „Knapp zehn Jahre später tauchte dann Achim bei mir auf und fragt, ob wir hier eine Wohnung für ihn hätten."

Er sah zu Heino Porst, der sofort ergänzte.

„Oben im ehemaligen Gut hat bis dahin meine Großmutter gewohnt, aber wir wollten sie lieber zu uns ins Haus haben, weil sie nicht mehr so gut zu Fuß war. Also habe ich ihm die Wohnung angeboten und er hat sie genommen. Ich dachte ja, ich kann ihn wieder für die Feuerwehr gewinnen, aber…"

Er brach ab und sah zu Hardy Müller. Dieser nahm die Erzählung wieder auf.

„Achim hatte sich verändert. Ich vermute immer noch, dass es mit dem Tod seiner Mutter zusammenhing und dass sein Vater, so habe ich erfahren, in Berlin wieder geheiratet hat. Achim war ein richtig guter Schüler, hat ein Einserabitur gemacht, Medizin studiert und abgebrochen. Er hat sich hier dann mit Gelegenheitsjobs über Wasser gehalten. So ein begabter Junge."

Der Ortsbürgermeister schüttelte sichtlich bekümmert den Kopf.

„Jedenfalls", fuhr er fort. „Jedenfalls begann er dann mit dieser Umweltinitiative. Ich habe es erst gut gefunden, denn hier wollte sich ein Inverstor niederlassen mit einer Legehennenbatterie, und zwar im großen Stil. Fast das ganze Dorf ist Sturm dagegen gelaufen, aber es gab auch ein paar Einzelne, die sahen den Kerl nicht nur als Umweltverpester, sondern vor allem als Schaffer potenzieller Arbeitsplätze. Da hat sich plötzlich Achim richtig eingebracht, er gründete eine Bürgerbewegung gegen diese Legehennenbatterie und es gelang ihm, fast alle der Befürworter der Anlage auf unsere Seite zu ziehen. Am Ende wurde nichts aus dem Vorhaben und wir waren Achim dankbar für sein Engagement. Aber er machte weiter. Jetzt war es nicht mehr dieser, zugegeben reichlich dubiose, Investor. Jetzt waren es unsere eigenen Leute, Bauern wie Franz Weidler mit seiner Schweinezucht. Achim sammelte ein paar Leute um sich und machte dann solche Aktionen wie die Befreiungsaktion der Muttersauen."

Hardy Müller schüttelte den Kopf.

„Er war ja auch für kein vernünftiges Argument mehr zugängig, richtig verbissen war er."

Mike sah den Ortsbürgermeister aufmerksam an.

„Sie sagten, er hat ein Paar Leute um sich gesammelt. Wer ist denn das?"

Hardy Müller runzelte die Stirn. „Naja, das ist hier aus dem Dorf Markus Flick."

Heino Porst winkte ab. „Ach, der ist doch nur so ein Schaumschläger wie sein Vater. Der hat sich auch mit dem halben Ort verstritten."

Mike räusperte sich und Marianne unterdrückte ein Lächeln.

Sie wusste, wie zuwider Mike dieser ganze Dorfklatsch war, den er sich hier anhören musste. Auch der Ortsbürgermeister schien dessen Unbehagen zu spüren und straffte sich etwas.

„Also Markus Flick und Kevin Blank aus Bernsgrün. Die Jungs kenne ich beide ziemlich gut. Die Anderen sind alle aus Plauen, die kenne ich nur mit Vornamen."

Er griff noch einmal zur Kaffeekanne, aber Mike legte die Hand über seine Tasse. Marianne folgte seinem Beispiel, also schenkte der Ortsbürgermeister achselzuckend nur sich ein. Dann sah er die beiden Beamten an.

„Ehrlich? Weder Achim noch Markus oder Kevin würde ich so etwas zutrauen. Das sie Streit suchen oder auch vor irgendeiner Aktion nicht zurückschrecken, okay. Aber zwei kaltblütige Morde? Nie und nimmer."

Er sah zu Heino Porst, der zustimmend nickte.

Mike und Marianne erhoben sich nahezu gleichzeitig und bedankten sich bei den beiden Männern.

Sie deuteten ihnen, sitzen zu bleiben und gingen hinaus in den Garten.

Mike stieß die Luft aus und sah zurück. „Mann, Mann, Mann", sagte er, während er das Gartentor öffnete.

Marianne lächelte. „Naja, außer dass wir die halbe Dorfgeschichte wissen, sind wir auch keinen Schritt weiter."

Mike nickte und öffnete das Auto. Dabei ließ er den Blick in Richtung des Dorfes gleiten und fixierte die Kirchturmspitze.

„Wir kommen nicht umhin Steinert laufen zu lassen", sagte er schließlich und stieg ein. Mit einem ernsten Nicken setzte sich Marianne auf den Beifahrersitz.

Kate betrat das Klinikum kurz nach 10.00 Uhr. Sie war spät dran und es war ihr peinlich, sich zu verspäten. Die Sekretärin von Doktor Feigler lächelte sie an. „Er erwartet sie", sagte sie und nickte in Richtung des Zimmers des Psychiaters.

Als Kate klopfte, ergänzte sie: „Er ist auch gerade erst gekommen", und zwinkerte ihr verschwörerisch zu.

Nachdem Kate den Raum betreten hatte, der in der Morgensonne lag, trat der Psychiater hinter seinem Schreibtisch hervor und deutete auf die kleine Sitzecke. „Ich dachte schon, sie kommen heute nicht", sagte er, während er nach Kate Platz nahm.

Sie nickte. „Entschuldigung für die Verspätung, aber sie haben recht. Eigentlich wollte ich wirklich anrufen und den Termin absagen."

„Weil?", fragte er, nachdem Kate nichts mehr sagte.

Kate holte tief Luft. „Weil ich denke, ich bin wieder fit."

Nachdem sie im Frühling, während eines Klassentreffens, als Geisel genommen worden war, hatte sie unter Alpträumen und Panikattacken gelitten und war auf Mikes und Omars Drängen hin zu Doktor Feigler gegangen.

Dieser sah sie jetzt eindringlich an. „Sind die Alpträume weg?"

Wahrheitsgemäß schüttelte sie den Kopf. „Nein, aber sie sind nicht mehr so realistisch und ich kann mich davon distanzieren, noch während des Traumes selbst. Die Panikattacken sind ganz verschwunden."

Der Psychiater nickte langsam.

„Gut", sagte er. „Sie haben bereits Erfahrung mit solchen Situationen. Daher bin ich der Meinung, dass sie sehr gut einschätzen können, wie es ihnen psychisch geht."

Damit hatte er zweifellos recht.

Kate war bereits vorher einmal entführt und bei der Befreiungsaktion fast getötet worden. Damals hatten sich die Psychologen des FBI intensiv um sie gekümmert., denn ihr damaliger Partner Ben hatte sie sofort in die USA ausfliegen und in einer renommierten Klinik behandeln lassen.

„Sie möchten also keine Sitzung mehr?", fragte er und Kate schüttelte den Kopf. „Nein. Aber vielen Dank, Doc. Es hat mir wirklich sehr geholfen."

Sie erhob sich und der Psychiater spürte, dass sie froh war, endlich wieder gehen zu können.

Er stand ebenfalls auf und reichte ihr die Hand. „Sie können sich jederzeit wieder melden, aber das wissen sie ja", sagte er und begleitete sie zur Tür.

Auf dem Flur lief sie Omar direkt in die Arme.

„Warst du bei unserem Seelenklempner?", fragte er mit einem Augenzwinkern und Kate lächelte.

„Und du streifst auf der Suche nach potenziellen Opfern hier herum?", konterte sie.

„Tut mir leid, aber ich hatte etwas ganz Pragmatisches zu erledigen. Auch ein renommierter Rechtsmediziner muss zum jährlichen Check-up."

Er deutete in Richtung Ausgang. „Hast du Lust auf ein leckeres Brunch?"

Sie sah ihn von der Seite an. „In der Krankenhaus-Cafeteria?"

Er schüttelte den Kopf. „Ich dachte eher an das Kaffeehaus Müller."

Als Kate ihn schweigend ansah, blies er die Wangen auf. „Oh, ich hatte vergessen…" Sie hob die Hand.

„Nein, nicht deswegen." Sie deutete auf seinen Kittel. Er zog ihn schnell aus und faltete ihn zusammen. Darunter trug er ein Hemd und eine normale Hose.

„Kein Thema. Ich verfrachte ihn in deinem Wagen. Komm, lass uns abhauen."

„Wie zwei Schüler in der Hofpause?", gluckste Kate und zusammen gingen sie zu ihrem Auto in der Tiefgarage.

„Kerstin hat heute frei. Sie hat so viele Überstunden, da dachte ich, in dem schönen Wetter sollte sie sie ruhig mal abbummeln. Alle Arbeit ist so weit erledigt und der Schreibkram hat Zeit bis morgen."

Kate steuerte das Auto in Richtung Stadtzentrum.

„Weißt du was? Ich stelle mein Auto auf den Stellplatz der Firma und wir laufen die paar Meter", meinte sie, als sie die Dobenaustraße vorfuhren.

Omar nickte. „Lass mich gleich hier raus, ich gehe inzwischen vor und reserviere", sagte er in Höhe der Lutherkirche und sprang schon heraus, nachdem Kate rechts herangefahren war. Hinter ihr hupte ein Wagen und Omar baute sich in seiner ganzen Größe auf. Der Fahrer zeigte ihm einen Vogel und fuhr vorbei. Während Kate rechts abbog, ging Omar zielgerichtet zum Kaffeehaus.

„Na Hallo", rief ihm die junge Kellnerin schon freudestrahlend entgegen. „Ihre Frau und die Kleinen sind schon da", sagte sie und deutete nach draußen,

wo Jasmin mit seiner Schwester und dem Zwillings-
wagen im Schatten einer Markise saßen.

Verblüfft ging Omar durch die Hintertür und Jasmin
schaute zu ihm hin.

„Hallo", rief sie und sprang auf.

Omar umarmte seine Frau. „Woher wusstest du, wo
wir sind?", fragte sie etwas misstrauisch und Omar
spitzte die Lippen. „Nun ja, ich habe ein bekanntes
Detektivbüro beauftragt, den Tagesablauf meiner
Frau genaustens zu studieren. Und hier kommt die
Chefin höchstpersönlich."

Er deutete in Richtung Nobelstraße, wo Kate gerade
die Treppen zum Café hinunterrannte.

Jasmin knuffte ihn am Arm und ging Kate entgegen.
Nachdem Omar seine Schwester begrüßt und festge-
stellt hatte, dass Franz und Emma tief und fest schlie-
fen, setzte er sich.

Jasmin und Kate schlossen sich an. In diesem Moment brach Jasmin in schallendes Gelächter aus und
deutete in Richtung Eingangstür, wo gerade Mike
mit Marianne auftauchte.

Omars Schwester hatte sich bereits verabschiedet. Sie wollte mit den Kleinen, die bereits zu quengeln begannen, nach Hause fahren und Jasmin sollte ihren kinderfreien Tag genießen, wie Omar es immer nannte.

Mike und Marianne hatten sich zu ihnen gesellt und der Tisch füllte sich mit allerlei Köstlichkeiten.

„So lasse ich mir einen Arbeitstag gefallen", murmelte Marianne und schob sich ein Stück ihres Lachsburgers in den Mund.

„Es muss auch Außenrecherchen geben", meinte Jasmin augenzwinkernd und trank von ihrem eisgekühlten Orangensaft. Mike schob seinen Teller von sich und lehnte sich zurück.

„Wir mussten Achim Steinert gehen lassen", sagte er, während er sich den Mund mit der Serviette abtupfte.

Omar nickte. „Das war zu erwarten bei der Spurenlage. Habt ihr irgendeinen anderen Ansatz?"

Mike schüttelte den Kopf. „Nein, keine Spuren, kein sichtbares Motiv. Die einzige Gemeinsamkeit schienen wirklich die Streitigkeiten mit Steinert zu sein."

Kate sah über ihre Kaffeetasse zu Mike hin.

„Vielleicht war es einfach zu offensichtlich. Und außerdem ist da immer noch diese merkwürdige Maskerade von Karla."

Omar winkte gerade der Bedienung nach einem neuen Kaffee, als Mikes Diensthandy klingelte. Stirnrunzelnd hörte er zu, dann stand er auf.

„Du kannst auch gleich mitkommen", sagte er zu Omar und sah die junge Frau, die gerade die

Bestellung aufnehmen wollte, mit einem entschuldi-
genden Lächeln an.

Auch Kate erhob sich und Jasmin winkte ab.

„Ich mache das hier", sagte sie, als Mike seine Briefta-
sche aus der Hose ziehen wollte.

Er sah Kate eine Weile schweigend an, die ihre Tasche über die Schulter warf und aufbruchsbereit war.

Marianne sagte leise: „Ich denke, es ist gut, wenn sie
auch mitkommt."

„Hier war ich das letzte Mal als Kind", sagte Kate und lächelte etwas versonnen, während sie mit Marianne und Mike den letzten Weg bergauf zu Fuß gingen, hinter sich schnaufend und schimpfend Omar.

„Mit meinem SUV hätten wir bis hochfahren können", sagte er kurzatmig, während er stehen blieb und die Hände auf die Oberschenkel stützte.

„Ein bisschen Fitness könnte dir aber auch nicht schaden", frotzelte Mike, was ihm einen vernichtenden Blick des Rechtsmediziners einbrachte.

„Wie lange braucht ihr denn?", rief Karsten Windisch von oben, während sein Team schon, wie weiße Aliens über das gesamte Gelände ausschwärmten.

Nachdem Kate, Mike und Omar den letzten Anstieg genommen hatten, standen sie am Fuß des Kemmler Turm. Auf dessen Stufen lag der Tote.

Während sich Omar, noch immer leise schimpfend, in einen Overall der Spurensicherung quetschte, gab Karsten Mike einen kurzen Bericht.

„Der Zeuge dort, Frank Rohde, kam mit seinem Hund vorbei. Er dachte erst, der Mann sei gestürzt und eilte ihm zu Hilfe, aber da sah er, dass er tot war."

Der besagte Zeuge stand mit seinem Golden Retriever am Rande des abgesperrten Areals und gab gerade einem uniformierten Polizist seine Kontaktdaten. Mike nickte Karsten zu und ging zu dem Mann.

„Hauptkommissar Köhler, guten Tag. Sie haben den Toten gefunden?"

Der junge Mann strich kurz seinem Hund, der aufmerksam blickend neben ihm saß, über den Kopf.

„Nein, eigentlich war es Falko. Er rannte plötzlich hier hoch, obwohl es nicht unser Weg ist und hat dann angeschlagen. Da bin ich ihm gefolgt und habe den Mann gefunden. Ich dachte, er ist gestürzt. Aber als ich herankam, sah ich, dass er tot ist und ihm jemand ziemlich heftig über den Schädel geschlagen haben muss. Da habe ich gleich die Polizei angerufen."

Als Mike ihn ansah, ergänzte er: „Ich bin Rettungssanitäter."

Karsten trat heran. „Wir haben sein Smartphone, aber noch keinen Namen."

„Ich glaube, er ist Straßenbahnfahrer", schaltete sich jetzt der Zeuge ein. „Ich habe ihn schon mehrfach fahren sehen."

Mike nickte ihm zu. „Danke, Herr Rohde. Sie haben uns sehr weiter geholfen. Ihre Adresse haben wir ja, nur für den Fall, dass es noch Fragen geben sollte."

Der junge Mann nickte. „Na komm, Falko", sagte er und ging mit seinem Hund den Weg nach unten.

„Sonderlich beeindruckt schien er ja nicht", meinte Marianne Jäger, die jetzt neben Mike getreten war.

„Er ist Rettungssanitäter", sagte Mike erklärend.

Inzwischen war auch Omar mit Kate herangekommen.

„Wahrscheinlich war er hier oben joggen, jedenfalls trägt er die passende Kleidung und Schuhe. Sicher ein guter Läufer", sagte sie und nickte dann Omar zu. Der zuckte die Schultern.

„Alles, was ich auf die Schnelle sagen kann, massive Schädelverletzung infolge eines heftigen

Schlages."

Mike stieß hörbar die Luft aus. „Glaubst du…"

Der Rechtsmediziner nickte. „Zumindest lässt es das Verletzungsmuster vermuten. Das ist Opfer Nummer drei."

Kapitel 6

„Drei Tote innerhalb kürzester Zeit, drei unterschied-
liche Tatorte", sagte Mike und sah auf die drei Fotos
an der Pinnwand.

„Aber die gleiche Vorgehensweise, ein heftiger
Schlag auf den Hinterkopf. Alle drei sind entweder
sofort oder kurz danach gestorben, Diagnose, Schä-
delbasisfraktur mit massiven Einblutungen" ergänzte
Omar Amri.

Marianne Jäger sah auf die drei Fotos.

„Zwischen Franz Weidler und Karla von Mauersbergen gibt es eine gewisse räumliche Nähe und Achim
Steinert, mit beiden hatte er Auseinandersetzungen.
Aber kannte er auch Opfer Nummer drei? Ich glaube
kaum."

Mike lehnte sich zurück und sah auf seinen Laptop.
Dann blickte er über dessen Rand hin zu Karsten
Windisch. „Was macht die Spurenauswertung im Fall
Marc Fischer?"

Inzwischen hatten sie den Namen des dritten Toten
zeitnah von dessen Dienststelle bei der Plauener Stra-
ßenbahn erhalten. Marc Fischer, 31 Jahre, alleinstehend, war in seiner Freizeit begeisterter Sportler.

Sein Chef, der sofort in die Dienststelle gekommen
war, beschrieb ihn als netten und absolut zuverlässi-
gen Kollegen, der gern auch eine Sonderschicht über-
nahm. Allerdings konnte er wenig über dessen Pri-
vatleben sagen.

Der Leiter der Spurensicherung zuckte resigniert die
Schultern. „Also zumindest keinen Mountainbike-

spuren, und auch sonst, wenig bis nichts. An ihm
konnte keine fremde DNA gesichert werden. Wie es
aussieht, hat der Täter, wie auch bei Karla von Mauersbergen, einfach von hinten zugeschlagen, schnell
und heftig. Es gibt keine Abwehrspuren. Allerdings
wurde der Tote bewegt, und zwar vom Weg bergauf
direkt auf die Treppen am Kemmlerturm."

Omar sah ihn stirnrunzelnd an. „Das war doch sicher
nicht ungefährlich? Ich meine, es hätte zu jeder Zeit
jemand kommen können?"

Karsten nickte. „Die Ecke ist gerade bei Joggern sehr
beliebt. Warum er ihn dort abgelegt hat, keine Ahnung."

Er zuckte bekräftigend die Schultern und griff über
den Tisch, um die Kaffeekanne in seine Nähe zu ziehen. Nachdem er sich eingeschenkt hatte, hob er den
Kopf.

„Im Übrigen haben wir sein Smartphone ausgewertet. Es hat sich, von seiner Wohnung kommend, an
allen Funkmasten eingeloggt. Scheinbar ist er auch
die ganze Zeit gelaufen und hat nicht unterwegs angehalten."

Mike nickte und sah dann auf Marianne Jäger.

„Gut, trotzdem werden wir jetzt zu Achim Steinert
fahren. Mal schauen, ob er für dieses Mal ein Alibi
vorweisen kann."

Während diese sich erhob, stieß Omar ein leises
Brummen aus. „Glaubt ihr wirklich, Steinert wird am
Abend vorher entlassen und bringt früh am Morgen
bereits den Nächsten um?"

Mit ungläubiger Miene sah er die beiden

Kriminalbeamten an.

Mike schüttelte langsam den Kopf. „Ich kann es mir auch kaum vorstellen. Aber ich habe in den Jahren hier schon viel verrückte Dinge erlebt, also schauen wir mal."

Marcel Breitner schüttelte zum wiederholten Mal bekümmert den Kopf. Der junge Mann in Straßenbahnfahrerkleidung stand neben Mike und Marianne am Tunnel. Sein Chef hatte den beiden Beamten gesagt, dass dieser jetzt Feierabend habe, also hatten sie hier auf die Ablösung der Linie 5 gewartet.

„Ich kann es noch immer nicht fassen. Marc war ein feiner Kollege, ist immer eingesprungen, wenn er es ermöglichen konnte. Mein Gott, was wird Nancy sagen?"

Mike sah Marianne an und dann den jungen Straßenbahnfahrer. „Nancy?", fragte er nach.

„Seine Freundin. Sie sind seit ungefähr einem halben Jahr zusammen."

Marianne Jäger zog die Augenbrauen nach oben.

„Davon wusste aber sein Chef nichts. Er sagte, Marc Fischer hat keine Verwandten und sei auch alleinstehend."

Jetzt grinste ihr Gegenüber leicht, um sofort wieder ernst zu werden, scheinbar hielt er das in dieser Situation für angemessener. „Würden sie ihrem Chef alles sagen?", fragte er.

„Hat diese Nancy auch einen Nachnamen?"

Der junge Mann nickte. „Ja, Becker, Nancy Becker. Sie studiert in Berlin und ist nur bei Marc, wenn sie in Plauen ist, das heißt, war…" Er biss sich auf die Unterlippe und schwieg.

Mike sah ihn eindringlich an. „Sagen sie, Herr Breitner. Hat Marc Fischer einmal den Name Steinert erwähnt, Achim Steinert?"

Der Straßenbahnfahrer dachte angestrengt nach.

Dann schüttelte er langsam, aber bestimmt, den Kopf. „Nein, nicht das ich wüsste, wieso?"

Ohne darauf einzugehen, fixierte Mike ihn weiter.

„War er irgendwie in einer Umweltorganisation aktiv oder hat er von einer solchen Leute gekannt und vielleicht Streit mit ihnen?"

Die Augen von Marcel Breitner wurden immer größer. Ratlos sah er zwischen Mike und Marianne hin und her. „Nein, davon hat er nie etwas erzählt."

Er fragte nicht noch einmal wieso.

Marianne nahm das zu Kenntnis und lächelte ihn an. „Danke, Herr Breitner. Sie haben uns schon weitergeholfen."

Der Straßenbahnfahrer lächelte etwas erleichtert zurück. „Kann ich jetzt gehen?"

Mike nickte. „Natürlich, wir wissen doch, wie wir sie im Notfall erreichen."

Er und Marianne sahen ihm nach, als er über den Tunnel in Richtung Stadtgalerie lief.

„Also fahren wir in Marc Fischers Wohnung und sehen uns da einmal um", sagte Mike, nachdem der junge Straßenbahnfahrer in der Drehtür der Stadtgalerie verschwunden war. Ihm war anzumerken, wie enttäuscht er war, nicht mehr vom Kollegen des Toten erfahren zu haben.

Die Wohnung von Marc Fischer lag im Neubaugebiet Seehaus. Das Haus machte einen frisch renovierten Eindruck und es gab sogar einen Fahrstuhl. Allerdings würden weder Mike noch Marianne ihn benötigen, denn die Wohnung des Toten lag im Erdgeschoss.

Mike hatte sich den Schlüssel, den Marc Fischer bei sich getragen hatte, von der Spurensicherung geben lassen und schloss auf. Es war eine kleine Wohnung, aber durch eine minimalistische Möblierung wirkte sie größer. An der Wand im Wohnzimmer hing ein riesiges Bild mit einer modernen Malerei.

„Schneesturm?", fragte Marianne und deutete auf das Bild, was Mike ein Lächeln entlockte. Auch er konnte wenig mit dieser Art der modernen Malerei anfangen. Dann sah er auf das hohe Bücherregal.

„Da schien jemand wirklich belesen zu sein", sagte er, nachdem er mit leicht schräg gestelltem Kopf einige der Titel gemustert hatte.

Plötzlich klingelte es Sturm. Jemand schien wirklich den Finger gar nicht mehr vom Klingelknopf zu nehmen. Mike sah Marianne an, die zur Tür ging und diese öffnete.

„Also du gibst mir Spaß, ich rufe permanent an und du…" klang eine Frauenstimme die Treppen herauf und hinter ihr schlug die Haustür ins Schloss. Abrupt stoppte sie auf dem ersten Treppenabsatz und starrte Marianne an, die aus der Tür getreten war. „Und wer sind sie?", fragte sie, nachdem sie scheinbar ihre erste Verblüffung in den Griff bekommen hatte.

Nancy Becker weinte nicht.

Wie erstarrt saß sie auf der modernen, orangefarbenen Couch in Marc Fischers Wohnzimmer und sah auf ihre Hände.

„Tot?", sagte sie schließlich leise. „Und sie sind sich wirklich sicher, dass es Marc ist, ich meine…"

Sie brach ab und sah Marianne Jäger geradezu flehentlich an. Scheinbar hoffte sie, dass diese ihr sagen würde, dass es sich doch um einen Irrtum handeln würde. Es war Marianne gewesen, die ihr die Nachricht, so schonend dies eben ging, beigebracht hatte.

Jetzt setzte sie sich neben Nancy Becker und legte einen Arm um deren Schulter. „Es tut mir leid, Frau Becker, aber ein Irrtum ist ausgeschlossen."

Die junge Frau nickte langsam. „Ich muss seinen Bruder informieren", sagte sie leise, aber endlich eine Aufgabe zu haben, schien sie zumindest wieder etwas zu beleben.

Mike hatte sich in einen Sessel gesetzt und bisher das Gespräch ausschließlich Marianne überlassen.

Jetzt sah er auf. „Herr Fischer hat einen Bruder?"

Nancy Becker sah zu ihm hin. „Halbbruder. Er lebt in Essen. Sie haben sich erst vor ein paar Jahren kennengelernt. Marcs Vater ist am Ende der DDR, gleich zum Mauerfall in den Westen und hat seine Mutter mit ihm zurückgelassen. Sie hat ihm das nie erzählt und erst nach ihrem Tod hat er Unterlagen gefunden. Da hat er recherchiert und erfahren, dass sein Vater drüben geheiratet und einen Sohn hatte. Da hat er Kontakt zu ihm aufgenommen, also zu seinem Halbbruder. Ihr gemeinsamer Vater hatte sich bereits wieder aus dem Staub gemacht und ist irgendwo verschollen."

Mike, der merkte, dass ihn die Familiengeschichte nicht weiterbringen würde, rückte nach vorn auf die Sesselkante und sah die junge Frau eindringlich an.

„Frau Becker, hatte Marc Feinde? Wurde er bedroht?"

Ohne zu überlegen, schüttelte die Angesprochene den Kopf. „Nein, Marc hat sich mit jedem und wirklich jedem gut verstanden."

Marianne Jäger sah, wie sich Mikes rechte Augenbraue leicht hob. Ihr war klar, dass er davon ausging, dass niemand mit jedem auskam und Nancy Becker ihren verstorbenen Freund in dieser Beziehung zu glorifizieren begann. Scheinbar bemerkte diese Mikes Reaktion. Sie lächelte ihn etwas verlegen an.

„Auch wenn sie es nicht glauben, aber ich habe wirklich kein einziges Mal erlebt, dass Marc irgendeine Meinungsverschiedenheit hatte. Dabei ist er", sie stockte kurz. „Ich meine, war er kein Mensch, der keine eigene Meinung hatte. Aber er war tolerant und hat alle mit Respekt behandelt."

Jetzt sah sie zu Marianne hin, als hoffe sie, bei dieser mehr Verständnis für die Beschreibung des Charakters ihres Freundes zu finden. Diese nickte.

„Sagt ihnen der Name Achim Steinert etwas?", fragte jetzt Mike.

Nancy Beckers Blick schwenkte jetzt wieder zu ihm. Sie schien angestrengt nachzudenken, dann schüttelte sie den Kopf. „Nein. Ich bin auch sicher, dass Marc den Namen nie erwähnt hat."

Mike gab noch nicht auf. „War ihr Freund in einer Umweltbewegung tätig oder hatte er mit einer solchen in irgendeiner Weise zu tun?"

Wieder schüttelte Nancy Becker den Kopf.

„Wir sind beide umweltbewusst, ja, aber aktiv in irgendeiner Organisation, nein. Warum wollen sie das denn alles wissen? Wurde er deshalb ermordet?"

Die junge Frau sah hektisch zwischen den beiden Beamten hin und her und atmete aufgeregt ein und aus. Es war wieder Marianne, die ihre Hand auf die von Nancy Becker legte und sie damit zumindest etwas beruhigte. „Wir müssen allen möglichen Spuren nachgehen", sagte sie.

Da die junge Frau heute erst aus Berlin gekommen war, hatte sie scheinbar noch nichts von den zwei anderen Toten gehört und so auch noch keine Verbindung herstellen können, was Marianne allerdings trotzdem wunderte, da die sozialen Netzwerke sich wieder einmal an Hypothesen, Theorien und Fakes überboten. Daher sah sie Nancy Becker jetzt fürsorglich an.

„Geht es wieder?", fragte sie und die junge Frau nickte zögerlich.

„Sie sind wohl nicht auf Facebook oder Instagram?", fragte sie, was ihr einen erstaunten Blick einbrachte.

„Nein", sagte die junge Frau schließlich zögerlich.

„Marc und ich sind nicht so, wissen sie. Wir sind lieber draußen unterwegs, in der realen Welt."

Wieder begann sie unbewusst von Marc Fischer in der Gegenwartsform zu sprechen.

Mike warf Marianne einen Blick zu und diese erhob sich.

„Sollen wir irgendjemand für sie anrufen, Frau Becker?", fragte Marianne Jäger schließlich, aber die junge Frau schüttelte den Kopf.

„Nein, danke. Ich möchte jetzt allein sein. Und wenn, kann ich zu jeder Zeit meine Schwester anrufen, sie wohnt nur einen Block von hier entfernt."

Als sie bereits an der Tür waren, die Nancy Becker ihnen öffnete, wandte sich Mike nochmals zu ihr um.

„Sagen sie, Frau Becker, ist Marc eigentlich immer diese Route gejoggt, Richtung Kemmler?"

Die junge Frau nickte. „Immer, wenn er frei hatte, entweder früh oder abends. Er trainierte doch für den Berlinmarathon."

Mike fuhr mit Marianne Jäger nach Fröbersgrün, wo er Achim Steinert, trotz des sommerlichen Wetters, in seiner Wohnung antraf.

Als er den beiden Beamten öffnete, wirkte er blass und von seiner eher kämpferischen Art der Rhetorik schien nicht viel geblieben zu sein. Schweigend ging er in seine Wohnung zurück, ließ aber die Tür auf. Marianne und Mike sahen sich erstaunt an, dann folgten sie ihm.

Achim Steinert hatte in der kleinen Wohnküche am Tisch Platz genommen, die sehr sauber und überhaupt nicht wie eine typische Junggesellenküche wirkte. Er saß ganz still da, ohne den Beamten einen Platz anzubieten.

Mike hatte nicht vor, sich mit langer Vorrede aufzuhalten. Er stellte sich unmittelbar vor Steinert, der ihn nicht ansah, sondern die Augen vor sich auf den Boden gerichtet hatte.

„Herr Steinert, es gibt wieder einen Toten und wir gehen vom gleichen Täter aus, deshalb…"

„Und da kommen sie natürlich gleich wieder zu mir. Klar doch", unterbrach ihn Steinert. „Ich komme aus der U-Haft, gehe nach Hause und bringe gleich den Nächsten um. Oder halt, gar nicht erst nach Hause, das habe ich sicher gleich auf dem Heimweg erledigt, ist ja effektiver."

Er schüttelte den Kopf, ohne aufzuschauen.

Mike trat noch einen Schritt näher.

„Das ist kein Grund sarkastisch zu werden, Herr Steinert."

Jetzt sah Steinert ihn doch an. Seine Augen waren

gerötet.

„Wissen sie was, Herr Hauptkommissar? Ich kann
mich im Dorf nicht mehr sehen lassen. Als ich gestern
hier angekommen bin, hat mir mein Nachbar vor die
Füße gespuckt. Und die alte Dame unter mir hat gesagt, sie hätte keine ruhige Minute mehr, ehe ich hier
nicht verschwinden würde. Für alle hier bin ich ein
Mörder."

„Sind sie das?", fragte Marianne plötzlich.

Steinerts Blick schwenkte zu ihr.

„Nein. Nein, das bin ich nicht", sagte er mit kraftloser
Stimme und seine Schultern sanken nach vorn.

Mike schien davon wenig beeindruckt.

„Wo waren sie heute Morgen, Herr Steinert?", fragte
er, ihn keine Sekunde aus den Augen lassend.

„Hier", sagte dieser.

„Zeugen?" Mikes Tonfall wurde merklich schärfer.

Jetzt sprang Steinert auf, aber Mike wich keinen Zentimeter zurück.

„Nein, ich habe keine gottverdammten Zeugen",
schrie Steinert und ließ sich so schnell, wie er aufge-
sprungen war, wieder auf den Stuhl zurückfallen.

Mike sah zu Marianne, die den Kopf schüttelte.

„Gut. Sie verlassen das Haus nicht, verstanden?",
sagte Mike und Steinert gluckste etwas.

„Als ob ich irgendwo hin könnte in diesem Kaff.
Ohne dass gleich jemand die Bullen anruft."

In diesem Moment wurde ein Schlüssel an der Woh-
nungstür umgedreht. Marianne sah Mike an, der
ebenfalls in Richtung Eingangstür schaute.

Ein junger Mann kam herein, stoppte auf der

Schwelle und sah die beiden Beamten mit großen Augen an. „Ich wollte zu Achim, ich…"

Marianne deutete zum Tisch.

Achim Steinert hatte nicht einmal den Kopf gehoben, nur ein leichtes Zittern zeigte, das er sehr wohl alles um sich herum wahrnahm.

„Hier ist er."

Zögernd trat der junge Mann über die Schwelle.

„Achim?", rief er und blieb dann stehen, weil er jetzt Mike gegenüberstand, der keinen Schritt zur Seite trat.

„Was ist denn hier los?", fragte er mit fester Stimme. Er schien sich wieder gefangen zu haben, denn er sah jetzt keinesfalls ängstlich von Marianne zu Mike.

Achim Steinert erhob sich langsam.

„Hallo, Bert. Das sind die netten Herrschaften von der Polizei, die mir schon den nächsten Mord unterschieben wollen."

Der Bert genannte sah mit zunehmend ernsterer Miene zwischen Mike und Marianne hin und her.

„Achim kann keiner Fliege etwas zuleide tun", sagte er schließlich mit fester Stimme und schüttelte den Kopf. „Das ist verrückt, einfach verrückt."

„Herr…?", fragte Mike und der Angesprochene sah in an. „Merz, Bert Merz."

Mike stellte sich und Marianne vor.

Bert Merz nickte nur. „Wissen sie, ich kenne Achim seit Jahren. Ja, wir hatten Stress mit dem Schweinebauern und auch mit dieser Dame vom Gestüt. Aber deswegen bringen wir doch niemand um. Unsere Waffe ist das Wort."

Mike drehte die Augen etwas nach oben.

„Geht es etwas weniger polemisch? Sie haben ihrem Wort auch die Tat folgen lassen, ich sage nur die Muttersauen, die fast auf die Straße gerannt und überfahren worden wären."

Merz nickte zögerlich. „Ja, gut. Aber deswegen ist Achim doch kein Mörder."

Marianne war jetzt neben Mike getreten und sah die beiden jungen Männer eindringlich an.

„Waren sie heute Nacht und am Morgen hier, Herr Merz?"

Als dieser sie anstarrte, lächelte sie etwas. „Sie würden Herrn Steinert mit ihrer Aussage entlasten."

Der Angesprochene holte tief Luft, sah aus dem Augenwinkel Steinert an und nickte schließlich zögerlich. „Ja, seit Mitternacht. Achim war früh drüben beim Bäckerwagen und hat zwei Roggenbrötchen geholt, das war so gegen sieben. Die Verkäuferin erinnert sich bestimmt."

Mike runzelte leicht die Stirn, dann nickte er.

„Gut. Wir prüfen das nach."

Dann ging er zur Tür hinaus. Auf dem Hof des ehemaligen Gutes, das inzwischen diverse Wohnungen enthielt, holte Marianne ihn ein. Er blieb am Auto stehen und musterte seine Kollegin.

„Wie bist du nur da wieder dahinter gestiegen?"

Sie lächelte. „Weibliche Intuition. Und wenn es nicht zu klischeebehaftet wäre, würde ich sagen, die ganze Wohnung war mir zu sauber für einen heterosexuellen Junggesellen."

Jetzt musste Mike lachen. „Na das lass mal nicht

Steven Neubauer hören, bei dem kannst du vom Fußboden essen und das schon lange, bevor er mit Abby zusammen war."

Dann wurde er wieder ernst. „So weit, so gut. Aber damit sind wir wieder am Anfang. Wir haben inzwischen drei Tote, die so gar nichts miteinander zu tun haben und unser einziger Verdächtiger ist vom Haken. Nicht nur die Aussage seines Freundes und der der Verkäuferin, von der ich denke, die bekommen wir. Auch Nancy Becker hat uns gesagt, dass ihr Steinerts Name nichts sagt."

Frustriert schlug er mit der flachen Hand auf das Wagendach, riss die Tür auf und ließ sich hinter das Steuer fallen. Als Marianne einstieg, sah er zu ihr hin. „Wir sollten uns noch einmal den letzten Tatort anschauen. Rufst du bitte Omar, Frieder und Karsten dazu? Und sag Omar, er kann bis zum Kemmlerturm hochfahren."

Dabei grinste er und auch Marianne musste lächeln. Während sie ihr Smartphone aus der Tasche zog, sah sie zu Mike hinüber. „Soll ich Kate auch dazu bitten?", fragte sie.

Während Mike in Richtung Dittrichplatz fuhr, holte er tief Luft. Dann nickte er.

Es dauerte keine Stunde, bis alle am Tatort versammelt waren. Während Mike mit Marianne den Anstieg hinauf lief, überholte Omars SUV mit einem kurzen Hupen sie.

„Na bitte, da ist er doch gleich viel besser gelaunt", murmelte Mike und zwinkerte Marianne zu.

Am Kemmlerturm angekommen, warteten bereits Karsten Windisch, Frieder Lein und Kate auf sie. Omar hatte sich schon aus seinem Auto begeben und atmete tief ein. „Ich bin nicht böse, dass ihr mich bei dem herrlichen Wetter mal aus meinem Bau gelockt habt, aber was wollen wir noch hier? Oder gibt es neue Erkenntnisse?"

Er sah den Leiter der Spurensicherung an, der den Kopf schüttelte.

Mike trat neben Omar. „Wir haben mit Marc Fischers Kollegen und seiner Freundin gesprochen. Es besteht anscheinend doch keine Verbindung von ihm zu Achim Steinert. Der hat im Übrigen ein Alibi, genau genommen ein doppeltes Alibi."

Dann sah er Karsten Windisch an. „Zeig uns noch mal den möglichen Tatablauf."

Dann sah er zu Frieder Lein hin. „Du könntest mal Marc Fischer geben, das käme größenmäßig am ehesten hin."

Der junge Kriminalanwärter begab sich zu der Stelle, an der der Täter, nach Spurenlage, Fischer niedergeschlagen hatte. Karsten Windisch ging zu ihm hin.

„Also, Fischer hat den Täter nicht gesehen oder nicht als Bedrohung wahrgenommen. Es gibt keine Abwehrspuren."

Er trat hinter Frieder Lein und deutete einen Schlag an.

Omar Amri nickte. „Ja, in dieser Höhe wurde der Schlag ausgeführt. Er war so heftig, dass Marc Fischer sofort zu Boden gegangen sein musste und bewusstlos war. Er starb innerhalb von Minuten."

Mike nickte Frieder zu, der sich zu Boden fallen ließ und reglos liegen blieb.

Mike sah sich um. „Es hätte zu jeder Zeit hier jemand auftauchen können."

„Ja", wandte jetzt Kate ein, die bisher geschwiegen hatte. „Das ist hier eine beliebte Joggingroute und entsprechend frequentiert. Es war ein ziemliches Risiko."

Marianne Jäger nickte in ihre Richtung. „Laut seiner Freundin lief er hier regelmäßig. Er trainierte für den Berlinmarathon."

Mike ging jetzt zu dem regungslos daliegenden Frieder und packte ihn unter den Armen. Dann zog er ihn den Hügel hinauf in Richtung des Kemmlers. Direkt an der Stelle, wo die Zeichen der Spurensicherung noch erkennbar waren, legte er ihn ab.

Mit einem leisen Stöhnen wischte er sich mit der Hand über die Stirn und richtete sich auf.

„Zweihundert Meter?", fragte er Karsten, der nickte.

„Exakt zweihunderteinundzwanzig Meter", sagte der und gab dem Kriminalanwärter ein Zeichen, das dieser wieder aufstehen konnte. So schräg über die Kante der Stufen liegend konnte das nicht bequem sein.

„Warum?", fragte Mike. „Warum zerrt er ihn diese

Strecke nach oben, um ihn hier abzulegen? Was wollte er damit demonstrieren?"

Kate war jetzt neben ihn getreten und fixierte die Umgebung. „Irgendetwas Entscheidendes übersehen wir", sagte sie leise.

Auch die anderen sahen sich um.

„Aber was?", murmelte Omar und sah zum Turm hinauf.

„Welche Bedeutung hat dieser Kemmler für den Tä-ter, denn scheinbar kam es ihm genau darauf an. Eine Verbindung herzustellen."

Karsten Windisch war Omars Blick gefolgt.

Mike schüttelte den Kopf. „Vielleicht ist er einfach nur verrückt. Wir sollten Doktor Feigler mit ins Boot holen. Ich denke nicht, dass wir so weiterkommen. Nachdem ein persönliches Motiv wohl auszuschlie-ßen ist, bin ich ratlos."

Kapitel 7

Dieser Abend hatte nach einem heftigen Gewitter eine Abkühlung gebracht. Grau hingen die Wolken noch am Himmel, aber es regnete nicht mehr.

Kate saß deshalb, statt auf der Terrasse, in der Bibliothek und hielt einen Bogen zartblauen Papiers in der Hand.

Ihre Tante Sarah pflegte noch die hohe Kunst des Briefeschreibens und Kate sah wie immer fasziniert auf die akkurate Handschrift.

Seit sie sich vor wenigen Jahren kennengelernt hatten, schrieb ihr ihre Tante regelmäßig, mindestens einmal im Monat, einen Brief, oft auch mit Passagen aus dem Tagebüchern von Kates Großmutter, die sie selbst nicht mehr kennengelernt hatte.

Aber meist waren es Episoden aus dem täglichen Leben der großen Familie, vom Kates Cousins, deren Ehefrauen, den Enkeln und Urenkeln.

Mit einem Schmunzeln legte Kate den heutigen Brief zusammen und öffnete die Schublade in dem alten Schrank, in dem sie alle ihre Erinnerungen, wie sie es nannte, aufbewahrte.

Dort stand eine Schatulle, die sie jetzt öffnete und den Brief zu den anderen legte. Dann strich sie mit der Hand über die Holzkiste, die die Pfeifen ihres Vaters enthielt. Als sie die Schublade schließen wollte, merkte sie, dass irgendetwas klemmte.

Sie zog die Lade komplett heraus und sah das Zedernholzkästchen, das sich irgendwie verkantet hatte.

Vorsichtig nahm sie es heraus und sah hinein. Langsam ließ sie sich neben der Schublade auf die Knie sinken und starrte in das Kästchen.

„Das ist es", murmelte sie leise vor sich hin und stellte es behutsam auf den kleinen Tisch.

Als Mike nach Hause kam, saß Kate noch immer in der Bibliothek. Vor sich auf dem Tisch stand ein Schachspiel, das er noch nie gesehen hatte.

Die Figuren waren sehr schön gearbeitet und Handtellergroß, also mit Sicherheit eine Handarbeit und keinesfalls industriell gefertigt.

„Hallo", sagte er zu Kate und gab ihr einen Kuss auf die Wange. Dann nahm er eine der Figuren, es war die weiße Dame, in die Hand und betrachtete sie aufmerksam.

„Ich wusste nicht, dass du Schach spielst?", fragte er und stellte die Figur wieder zurück auf das Brett.

Kate sah zu ihm auf. „Mehr schlecht als recht. Mein Pa hat sehr gut gespielt, er hat sogar Turniere gewonnen und sein Großvater hat ihm dieses Spiel geschenkt. Er hatte es von einer Reise nach Indien mitgebracht, so hat es Pa mir jedenfalls immer erzählt."

Versonnen sah sie wieder auf das Brett.

„Jedenfalls hat es Pa wohl immer etwas gegrämt das ich nicht mehr Interesse für das Spiel aufbrachte. Er ließ mich sogar öfter gewinnen, aber auch das brachte nichts."

Sie lächelte und strich über die Kiste aus Zedernholz, in der die Figuren gelagert wurden.

„Ich brachte es nicht fertig, das Spiel zu verkaufen und habe es, gemeinsam mit Pa´s Pfeifen und

anderen Kleinigkeiten, mit aus den Staaten herüber-
gebracht."

Sie sah Mike eindringlich an. „Und bis heute Abend
hatte ich es fast vergessen, das Spiel. Aber dann kam
mir eine Idee."

Sie nahm einige der Figuren in die Hand und hielt sie
Mike hin. „Sie sind der Schlüssel zu deinem Fall."

Staatsanwalt Gebhardt schaute verblüfft auf das Schachspiel, dass Kate in der Mitte des Tisches im Besprechungsraum aufgebaut hatte. Genau wie Mike am vergangenen Abend sah er erst wortlos von den Figuren zu Kate und wieder zurück, dann holte er geräuschvoll Luft.

„Hätten sie die Freundlichkeit uns zu erklären, Frau Schulz, was das hier soll?", sagte er schließlich.

Immerhin war es Sonntag und Mikes dringender Anruf hatte ihn von einem gemütlichen Nachmittag bei Rotwein und Opernmusik weggeholt.

Entsprechend war seine Laune, was alle im Raum deutlich spürten. Nur Kate schien wenig davon beeindruckt. Mit einer Geste bat sie ihn, neben sich Platz zu nehmen, dem er auch, leise seufzend, nachkam.

Kate deutete auf das Brett vor sich mit den handtellergroßen Figuren. „Unser Täter mordet nach einem Schachspiel. Hier der Bauer- Franz Weidler. Der Springer und die Dame ist Karla von Mauersbergen, daher die Maskerade mit Hut und Handschuhen. Schließlich Marc Fischer, er joggte täglich und wurde an den Stufen des Kemmler-Turmes gefunden, also Läufer und Turm." Sie sah zu Mike. „Darum hat der Täter ihn zu den Turmtreppen hinauf geschleift, was ja ein Risiko an sich war, entdeckt zu werden. Es ging um die Symbolik."

Sie nahm eine neue Figur in die Hand. „Er fehlt noch- der König."

Der Staatsanwalt sah sie an, als habe sie den Verstand

verloren, dann ließ er seinen Blick zu den anderen im Raum schweifen, die wortlos an Kates Lippen hingen. Nach einer Weile schüttelte er den Kopf.

„Das glauben sie?", fragte er schließlich, fast hilfesuchend, an Mike gewandt.

Dieser atmete tief ein. „Ich muss zugeben, Herr Doktor Gebhardt, dass ich auch erst nicht davon überzeugt war, aber…"

„Die Spurenlage lässt es durchaus zu", warf jetzt Karsten Windisch ein.

Der Staatsanwalt lehnte sich zurück. „Aha", sagte er gedehnt. „Und wer bitte soll der König sein?"

Er gab sich gar keine Mühe, einen gewissen zynischen Tonfall zu unterdrücken.

Kate zuckte leicht die Schulter. „Nun, ich denke, es ist Bogdan Serwowitsch, der Bordellkönig von Plauen."

Jetzt begann der Staatsanwalt zu lachen, so laut und herzlich, wie ihn noch niemand hier erlebt hatte. Erst nach einer Weile wischte er sich eine Träne aus dem Augenwinkel und sah Kate an, die keine Miene verzogen hatte.

„Entschuldigen sie, Frau Schulz, aber das können sie doch unmöglich ernst meinen? Ein Mörder, der nach einem Schachspiel mordet und am Ende hat er es auf Serwowitsch abgesehen?"

Er sah verständnisheischend auf die anderen Anwesenden, die jedoch seinen Heiterkeitsausbruch nicht zu teilen schienen. Er räusperte sich schließlich.

„Und was sollte ich jetzt ihrer Meinung nach tun,

Frau Schulz? Serwowitsch unter Polizeischutz stellen lassen?"

Kate nickte, während sie die Figur des Königs in ihrer Hand hin und her schwenkte.

„Ja, und dass bitte so öffentlichkeitswirksam wie nur möglich."

Jetzt sah nicht nur der Staatsanwalt sie verblüfft an, auch die anderen Anwesenden im Raum.

Kate seufzte auf. „Es geht doch um das Spiel. Der Täter will seinen Gegner herausfordern, der leider bis heute nicht verstanden hat, dass es ein Spiel ist. Ein Schachspiel, für das es nur ein Ziel für den Täter gibt, seinen ultimativen Sieg. Und wenn ihm jetzt der König vorenthalten wird, dann kann er das Spiel nicht zu Ende bringen und nicht gewinnen. Also muss, wenn der König weg ist, der Täter endlich aus der Deckung kommen."

Sie sah alle an, als sei das die logischste Konsequenz von allem. Leider waren die Blicke, die Kate begegneten, eher ratlos bis verwirrt.

„Aber", stammelte jetzt Doktor Gebhardt. „Welcher Gegner denn?"

Kates Zeigefinger schnellte nach vorn und sie zeigte auf ihren Mann.

Es war offensichtlich, dass Omar einem erneuten Ausfall des Staatsanwaltes entgegenkommen wollte. Deshalb erhob er sich und beugte sich über das Schachbrett.

„So weit, so logisch", sagte er. „Aber warum ausgerechnet Mike als Gegner?"

Kate sah ihn an und er bemerkte, dass etwas Dankbarkeit in ihrem Blick lag. Sie hatte also verstanden, warum er sich gerade jetzt eingeschaltet hatte.

„Er leitet die Ermittlungen und es muss den Gegner mit tiefer Genugtuung erfüllt haben, wie er…"

Sie sah zu Mike hin und lächelte etwas. „Entschuldige, aber bisher völlig im Trüben gefischt hat. Der Mord am König wäre sein absoluter Triumph, ein Triumpf gegenüber seinem Gegner, des Mannes, der ihn einmal überführt hat."

Mike saß wie angewurzelt auf seinem Platz. Plötzlich kam Bewegung in ihn. „Aber wenn das stimmt, Kate, dann ist Bogdan Serwowitsch in Gefahr…"

Er verstummte, weil sie ihre Hand hob. „Er ist in Sicherheit, keine Angst. Er ist in einer sicheren Wohnung und Matt sowie sein eigener Leibwächter sind derzeit bei ihm."

Mike nickte, zugegeben beschämt. Er hätte wissen müssen, dass Kate nichts dem Zufall überließ.

„Gut", sagte er leise. „Aber wer ist dann dieser imaginäre Gegner?"

Jetzt setzte sich auch Staatsanwalt Doktor Gebhardt wieder aufrecht auf seinen Stuhl, nachdem er bis jetzt, zugegeben sprachlos, Kates Ausführungen gefolgt war.

„Ja, Frau Schulz. Das würde mich auch interessieren, immer vorausgesetzt, ihre…" Er deutete in Richtung des Schachbrettes. „Ihre zugegeben etwas abstruse Idee stimmt so. Wer ist dieser ominöse Gegner von Herrn Hauptkommissar Köhler?"

Kate beugte sich nach vorn und nahm einzeln die Schachfiguren vom Brett, um sie wieder in die Zedernholzkiste zu stapeln.

Als bemerke sie erst jetzt das gespannte Schweigen um sich, hob sie den Kopf und sah zwischen dem Staatsanwalt und Mike hin und her.

Dann zuckte sie die Schultern. „Also etwas müsst ihr auch noch selbst herausbekommen", sagte sie ruhig und sah aus dem Augenwinkel, wie Omar schnell die Hand vor den Mund schlug, um nicht laut aufzulachen.

„Also das war ganz schön dreist", murmelte Mike ihr zu, als der Staatsanwalt den Beratungsraum verlassen hatte.

Kate zuckte lakonisch die Schultern. „Mir war von Anfang an klar, dass er meinen Ausführungen nicht folgen würde. Aber wir können nicht riskieren, irgendetwas, ohne sein Wissen zu unternehmen. So, jetzt ist er eingeweiht. Was er mit den Informationen macht ist jetzt seine Sache."

Doktor Gebhardt hatte sich nach Kates Ausführungen erhoben und mit einem: „Sollten sie Beweise für ihre abstrusen Behauptungen haben, Frau Schulz, dann höre ich ihnen gern zu. Aber bis dahin, noch einen schönen Sonntagabend", verabschiedet.

Alle anderen Anwesenden sahen jetzt Kate gespannt an. Diese schob das Schachbrett wieder ein Stück in die Mitte des Tisches.

„Gut", sagte sie. „Erarbeiten wir uns also eine Taktik."

Marianne Jäger, die bisher geschwiegen hatte, sah zu Kate herüber. „Warum denkst du, dass der der Gegner Mike ist, für diesen…" Sie zögerte einen Augenblick. „Schachbrettmörder?"

Kate lehnte sich etwas zurück. „Weil er der Leiter der Mordkommission ist und in diesen Fällen ermittelt. Das wusste der Täter. Er wollte ihm seine Überlegenheit spüren lassen, Zug um Zug."

„Heißt das", fuhr Karsten Windisch dazwischen.

„Hätten wir eher bemerkt, nach welchem Schema er mordet, hätten wir den Tod von Marc Fischer verhindern können?"

Kate nickte langsam. „Aber ehrlich, wie viel Zeit hatten wir? Er wollte das Spiel zu Ende spielen."

„Und du hast ihm jetzt einen Strich durch die Rechnung gemacht", wandte Omar ein.

Kate sah zu ihm hin. „Das darf er auf keinen Fall erfahren. Wir müssen dabeibleiben, dass es Mike ist, der den Zusammenhang erkannt und Bogdan Serwowitsch aus dem Schussfeld gebracht hat."

Mike runzelte die Stirn.

„Was schlägst du vor?", fragte er schließlich, noch immer nicht zu einhundert Prozent von Kates Verdacht überzeugt. Irgendwie klang es für ihn zu obskur. Ein Täter, der ein Schachspiel nutzte und mordete, um ihn herauszufordern.

Kate sah zu Marianne Jäger. „Ihr solltet alle alten Fälle sichten. Der Täter ist männlich und Mike hat ihn irgendwann einmal verhaftet. Das er ihn gefasst hat, das hat der Täter, der, das wird euch Doktor Feigler sicher bestätigen, eine ausgesprochen narzisstische Persönlichkeit ist, nie verkraftet."

Marianne Jäger nickte.

„Das bedeutet, der Mann muss wieder auf freiem Fuß sein?"

Kate schüttelte langsam den Kopf. „Nicht zwingend. Vielleicht hat er einen Gehilfen, einen Adlatus, der in seinem Auftrag die Taten ausführt."

Mike sah seine Frau stirnrunzelnd an. „Also Kate wirklich, jetzt übertreibst du. Ein Mörderpärchen?"

Omar klopfte mit den Fingern auf die Tischplatte.

„Was nicht so ungewöhnlich wäre. Henry Lucas und Ottis Toole zum Beispiel."

„Ja und auch Bonnie und Clyde", ergänzte Mike deutlich genervt. „Was wollt ihr mir damit eigentlich sagen?"

„Das es durchaus zwei Täter sein können, der eine inszeniert, ja, er komponiert diese Taten und der andere übt sie aus."

Mike schüttelte langsam den Kopf. „Irgendwie überzeugt mich das nicht. Nur gut, Gebhardt ist schon weg. Jetzt würde er endgültig daran glauben, dass wir hier alle langsam den Verstand verlieren."

Kate stand langsam auf und sah sich im Raum um.

„Apropos, da ich Doktor Gebhardt nicht überzeugen konnte, muss ich zu Plan B greifen. Ich werde der Presse stecken, dass Bogdan Serwowitsch unter Polizeischutz steht und dabei Mikes Namen wirksam in Szene setzen. Das ist die Message an den Täter."

Karsten Windisch lachte leise auf.

„Oje, das wird Stress mit dem Staatsanwalt geben", murmelte er, aber Kate winkte ab.

„Wenn unser Plan aufgeht, bleibt mir immer noch genügend Zeit ihn zu überzeugen. Aber ich hoffe, dass der Täter schneller ist." Auf Omars fragenden Blick hin sagte sie: „Um mit Mike Kontakt aufzunehmen. Er hat den König aus dem Spiel genommen."

Sie sah zu Mike, der noch immer skeptisch wirkte.

„Also?", fragte sie und mit einem Seufzer nickte er.

„Also gut. Eine andere Spur haben wir nicht."

Er sah die anderen Mitglieder seines Teams an, die

nach und nach ebenfalls zustimmten.

Er nickte Marianne zu. „Such die letzten Fälle raus, bitte."

Diese nickte, während Kate in Richtung Tür ging.

„Gut, gehen wir es an."

Als sie die Tür hinter sich geschlossen hatte, murmelte Omar: „Ich denke, Kate hat den richtigen Riecher, wie schon so oft."

Mike zog die Augenbrauen nach oben und sah zu dem Rechtsmediziner hin.

„Ich habe eher die Befürchtung, uns fliegt die ganze Sache um die Ohren."

Staatsanwalt Doktor Gebhardt fiel fast die Kaffee-
tasse aus der Hand, als er die *Freie Presse* aufschlug.
Mit dicken Lettern stand da: *„Der Schachmörder von
Plauen – sein unheimliches Spiel mit den Opfern."*
Schnell überschlug er die nachfolgenden Zeilen und
fand einige reißerische Aufmacher: *„Wie uns aus Krei-
sen der Polizei berichtet wurde"* und *„Der ermittelnde
Hauptkommissar stellt den bekannten Bordellbesitzer
Bogdan S. vorsorglich unter Polizeischutz"*
Wutentbrannt warf er die Zeitung auf seinen Schreib-
tisch und stürmte in sein Vorzimmer.

Frau Wengen, seine Sekretärin, sah erstaunt auf.

„Stimmt etwas mit dem Kaffee nicht, Herr Doktor
Gebhardt?", fragte sie mit leicht hochgezogenen Augenbrauen.

„Was?", fragte dieser zurück, aber jetzt bemerkte er
erst, dass er die Tasse noch in der Hand hatte.

„Nein, danke. Der Kaffee ist wie immer sehr gut.
Aber stellen sie mir bitte sofort eine Verbindung mit
dem Chefredakteur der Freien Presse her. Und mir ist
egal, ob er gerade in einer Besprechung ist. Ich will
ihn sprechen, sofort."

Die Sekretärin nickte, während Gebhardt zurück in
sein Büro ging. Er war stinksauer, zumal er ahnte,
wer wirklich hinter diesem Artikel stand.

EX-FBI-Agentin hin oder her, aber langsam nahm
sich Katherina Schulz zu viel heraus, wenn sie selbst
aktiv in die Arbeit der Plauener Polizei eingriff. Er
war, zugegeben, nicht ganz unschuldig daran, weil er
sie als externe Beraterin eingestellt hatte, aber…

Sein Telefon klingelte und er riss den Hörer herunter. „Ja, ist er dran?

„Nein, Herr Doktor Gebhardt. Es ist Hauptkommissar Köhler. Er sagt, es sei dringend, sehr dringend. Den Chefredakteur habe ich auch in der Leitung."

Gebhardt seufzte. „Gut, dann geben sie mir erst den Hauptkommissar."

„Ja", meldete er sich knapp. Aber Mike Köhler schien sein kurz Angebundensein nicht zu stören.

„Herr Staatsanwalt? Der Täter hat sich bei mir per E-Mail gemeldet. Ein Fake ist ausgeschlossen, er hat eindeutiges Täterwissen. Unsere IT-Abteilung ist dran."

Gebhardt spürte, dass er die ganze Zeit die Luft angehalten hatte.

„Gut", sagte er. „Hat er Serwowitsch erwähnt?"

„Ja, das meinte ich unter anderem mit Täterwissen. Er nennt ihn den König im Spiel."

Der Staatsanwalt atmete tief ein. „Dann gebe ich grünes Licht für den Polizeischutz für ihn. Halten sie mich auf dem Laufenden. Danke."

Er legte auf und erhob sich. Mit schnellen Schritten ging er in das Vorzimmer, wo ihn seine Sekretärin erstaunt ansah.

„Soll ich jetzt…", fragte sie, aber er hob die Hand.

„Sagen sie dem Chefredakteur, es war ein Irrtum und Entschuldigung."

Er schloss die Tür und Frau Wenger schüttelte den Kopf. „Es wird immer verrückter", murmelte sie und ergriff mit einem Lächeln den Hörer.

Kate war eine Weile scheinbar ziellos durch die Stadt gefahren, was natürlich nicht an dem war, denn sie wollte sicher gehen, dass ihr niemand folgte.

Aus ihrer Zeit beim FBI kannte sie so ziemlich alle Tricks einer möglichen Überwachung und so war sie sich, als sie in den Chrieschwitzer Hang einbog, sicher, nicht verfolgt zu werden.

Sie stellte ihr Auto vor den Servicepoint des Pflegedienst *Heimat*, der hier einige Patienten in den seniorengerechten Wohnanlagen betreute. Sie läutete und Schwester Angelika kam heraus.

Es war jene Schwester, die Kate damals in einem Crashkurs alles beigebracht hatte, was diese brauchte, um undercover in einem Pflegeheim als Pflegekraft zu ermitteln. Mit einem Lächeln reichte sie Kate die Hand und deutete nach Innen. Für eventuelle Beobachter musste es so aussehen, als sei dies ein Beratungsbesuch oder ähnliches.

Als sie im Hausflur ankamen, öffnete Schwester Angelika Kate eine Stahltür.

„Ich muss in 30 Minuten mit der Tour los", sagte sie und Kate nickte. „Kein Problem, bis dahin bin ich wieder da, ich rufe an."

Sie zwinkerte der Schwester zu und diese schloss wieder hinter ihr ab.

Durch mehrere Gänge und Korridore kam Kate in ein Haus, wo sie in die sechste Etage hinaufeilte. Dort, strategisch günstig neben dem Treppenaufgang, lag die Wohnung, zu der sie wollte.

Sie klingelte und trat in den Blickbereich des Tür-
spion. Kurz darauf wurde die Tür geöffnet und
Matthew „Matt" Fisher erschien im Türrahmen. Er
winkte Kate, nachdem er kurz die Umgebung abge-
scannt hatte, herein.
Sie begrüßte ihn und ging in das geräumige Wohn-
zimmer. Dort saß Bogdan Serwowitsch mit seinem
Leibwächter Oleg und spielte Schach.
Er hob den Kopf und stand auf, als er Kate sah.
Langsam ging er auf sie zu, umarmte sie und küsste
sie auf beide Wangen. Diese nickte auch seinem Leibwächter zu, der den Gruß militärisch kurz erwiderte
und setzte sich dann zu Bogdan, während Oleg und
Matt sich in den Nachbarraum zurückzogen.
„Ich hoffe, das dauert nicht mehr lange", sagte Kate
und deutete in einer fließenden Bewegung auf den
Raum.
Bogdan Serwowitsch lächelte.
„Ich habe schon unter schlimmeren Verhältnissen ge-
haust, unter viel Schlimmeren. Oleg und Matt sind
angenehme Zeitgenossen, und dank Steven haben
wir eine gute und sichere Kommunikation nach außen."
Kate klopfte ihm leicht auf die Schulter. „Ich bin froh,
dass du das so entspannt siehst."
Fatalistisch zuckte er die Achseln. „Auch wenn ich
mich frage, wie der Mörder an mich herankommen
wollte, zweifle ich doch keinen Moment an deiner
Theorie. Trotzdem, ich hoffe, dass wir die Sache so
schnell wie möglich hier beenden können."

Kate nickte.

„Spätestens, wenn der Staatsanwalt zur Vernunft gekommen ist und Polizeischutz für dich anordnet. Dann haben wir so großes Kino, dass der Täter dich nicht angreifen kann."

„Außer, ein Scharfschütze lauert irgendwo", wandte jetzt Matt ein, der gerade zurück in den Raum kam und Kates letzten Satz gehört hatte. Der Ex-Marine war selbst in Afghanistan als Scharfschütze eingesetzt gewesen und wusste, wovon er sprach.

Kate sah zu ihm hin und schüttelte den Kopf.

„Nein. Wenn er einer wäre, hätte er sich der drei Opfer anders entledigen können. So nahe an sie heranzugehen ist immer ein Risiko."

Zustimmend nickte Matt langsam.

„Hoffen wir, dass du dich nicht irrst", murmelte er.

Kate erhob sich. „Ich muss zurück. Schwester Angelikas Tour geht los."

Matt sah sie sinnend an. „Und du traust ihr?", fragte er. Kate wusste, dass Matt aus gutem Grund immer erst einmal Bedenken hatte, wenn es um die Integrität einer ihm unbekannten Person ging.

Sie nickte spontan.

„Erstens kennt sie die genaue Lage der Wohnung nicht, aber selbst wenn. Schwester Angelika ist einer der loyalsten Menschen, die ich kenne."

Bogdan Serwowitsch sah lächelnd von Kate zu Matt.

„Wenn sie das sagt, können wir es wohl glauben", sagte er. Er meinte es absolut ehrlich.

Kate verabschiedete sich und nachdem Matt sich

überzeugt hatte, dass der Flur leer war, ließ er sie aus der Tür hinaus.

„Es ist bald zu Ende", sagte sie leise zu ihm und drückte ihm den Unterarm.

Er nickte. „Oleg und ich wechseln uns ab. Wie Bogdan schon sagte, wir alle haben wohl unter viel schlimmeren Bedingungen unsere Tage verbracht."

Kapitel 9

„Können sie die E-Mail zurückverfolgen?", fragte
Staatsanwalt Doktor Gerbhardt Frank Keilwert, den
Hauptkommissar des Fachbereichs Internetkriminali-
tät.

Dieser schüttelte den Kopf. „Leider nicht. Sie wurde
aus einem öffentlichen Internetcafé irgendwo in den
Seychellen abgesetzt."

„Seychellen?", fragte der Staatsanwalt irritiert nach.
Frank Keilwert nickte. „Ja, mit Sicherheit ein Mittelsmann und der hat sie wieder von einem Mittelsmann.
So kann die Herkunft wirkungsvoll verschleiert werden. Kurzum, über die Mail kommen wir nicht an
den ursprünglichen Verfasser heran."

Der Staatsanwalt nickte und sah auf das Blatt vor
sich, die ausgedruckte Version der E-Mail.

*„Herr Hauptkommissar Köhler, unser Spiel ist nicht vor-
bei, auch wenn sie den König aus dem Spiel genommen haben. Er muss zurückkommen, in genau drei Tagen. Mehr
Zeit gebe ich Ihnen nicht. Und dann spielen wir unser
Spiel zu Ende- Schach und Matt. Kommen sie dem Termin
nicht nach, werden sie für den Tod unschuldiger Menschen verantwortlich sein."*

„Er hält also Hauptkommissar Köhler für denjenigen,
der Serwowitsch aus dem Spiel genommen hat?",
fragte er.

„Tut er." Der Staatsanwalt und Hauptkommissar
Keilwert fuhren herum.

Mike hatte den Raum betreten. Er begrüßte die

beiden Anwesenden und setzte sich neben Frank Keilwerts Schreibtisch.

„Und wie sollen wir jetzt weiter vorgehen? Sie glauben wirklich, dass der Polizeischutz für Serwowitsch gerechtfertigt ist?"

Es war Gebhardt anzumerken, dass er den personellen und damit auch finanziellen Aufwand einer Rundumbewachung scheute.

Mike sah ihn eindringlich an. „Meine Frau hat es ihnen und uns, so denke ich, schlüssig erläutert. Wir müssen den Täter oder von mir aus auch die Täter aus der Deckung locken. Einen anderen Weg sehe ich nicht." Gebhardt holte tief Luft, dann nickte er.

„Also gut. Stellen wir Serwowitsch unter Polizeischutz. Aber bitte, Herr Köhler, sehen sie zu das wir bald Ergebnisse bekommen. Die Presse sitzt mir im Nacken und die sozialen Netzwerke überbieten sich wieder mal mit Spekulationen. Wir brauchen Ergebnisse, und zwar Pronto." Er holte tief Luft. „Und sie glauben, dass er nach diesen drei Tagen wirklich Ernst macht? Wenn das stimmt, dann…"

Abrupt erhob er sich und ging mit einem kurzen Kopfnicken zu den beiden Hauptkommissaren hinaus. „Buh, der steht ja mächtig unter Druck", murmelte Frank Keilwert, nachdem der Staatsanwalt die Tür hinter sich geschlossen hatte.

„Nicht nur er", sagte Mike und seufzte.

Dann erhob auch er sich. „Ich schaue mal, was Marianne und Frieder bisher herausbekommen haben", sagte er und hob zum Abschied die Hand.

„Das sind alle, die ich bisher als potenzielle Täter, oder sagen wir mal Hintergrundtäter, identifiziert habe", sagte Marianne und stand wie immer vor ihrer bewährten Pinnwand.

Neben ihr und Frieder Lein waren auch Mike, Kate und Omar, sowie Karsten Windisch im Beratungsraum anwesend.

„Ich habe sie in drei Kategorien eingeteilt", fuhr Marianne fort. „Ganz links sind die bereits Entlassenen, aber eher nicht in Frage kommenden. Warum, erkläre ich gleich. Mittig diejenigen die entlassen und in Frage kommen könnten und rechts sind die, die noch eine längere oder lange Haftstrafe zu verbüßen haben. Bagatelldelikte haben wir gleich ausgeschlossen."

Sie sah zu Frieder hin, der eifrig nickte, während er auf sein Notebook schaute.

„Bagatelldelikte waren für uns Diebstahl, reine Körperverletzungen und ähnliches."

Marianne ergänzte: „Die könnten wir uns notfalls später nochmals vornehmen, wenn wir bei den anderen Tätern zu keinem Ergebnis kommen."

Kate schaute auf die Pinnwand und dann zu Mike.

„Du warst ganz schön fleißig die letzten Jahre", sagte sie leise und er zuckte die Schultern. Dann erhob sie sich, um näher heranzugehen.

„Gut sortiert", sagte sie zu Marianne Jäger, die ihr zulächelte. Dann wandte diese sich wieder zu ihren Aufzeichnungen hin.

„Ich beginne mal links. Also, Karl Voigt, saß wegen

Totschlags, ist seit zwei Jahren draußen, hatte einen Schlaganfall mit Halbseitenlähmung rechts, fällt also raus. Hannes Walter, mehrere Banküberfälle, einer mit Geiselnahme. Seit drei Jahren draußen, lebt seit zwei Jahren in Schweden. Laut den dortigen Beamten bisher unauffällig, ist mit einer Schwedin verheiratet und eben zum zweiten Mal Vater geworden"

So arbeitete Marianne die gesamte linke Seite ab. Dann wandte sie sich an die Mitte.

Hier gab es insgesamt vier mögliche Täter, die draußen waren, aber noch überprüft werden mussten.

Aber Kate sah interessiert auf die rechte Seite. Einige der Namen sagten ihr etwas.

„Petro Lässig, der Entführer von sechs Jugendlichen, bei denen ein junges Mädchen getötet und eines schwer verletzt und traumatisiert wurde", führte Marianne aus.

Kate nickte. „Ja, Elisabeth Nasab, die Halbschwester von Kolja Nasab kam dabei um", sagte sie und Mike nickte.

„Kolja Nasab, der Wulf", murmelte er und spielte damit auf die vermutete Identität des jungen Mannes an, der als international agierender Hacker namens Wulf sogar dem FBI und anderen Behörden geholfen hatte, Internetkriminelle zur Strecke zu bringen und mehrere Kinderpornoringe mit zerschlagen hatte.

Marianne deutete auf weitere Namen.

„Florian Seidel, er sitzt lebenslänglich nach dem Mord an Romy Sommer und Felix Bauer. Dann haben wir noch Timo Scherer, er sitzt noch wegen

Mordes, der Entführung von Elke Wildner und Drogenbesitz, dann noch Katja Rademacher, lebenslänglich wegen vierfachen Mordes."

Sie tippte auf das letzte Blatt. „Und last but not least Doktor Frank Petermann."

Dabei sah sie Kate an, die nickte. „Mein alter Schulfreund, der Mörder."

„Gut, oder auch nicht", seufzte Mike und sah auf die Namen, die noch übriggeblieben waren. Es waren einmal die vier Namen von entlassenen und möglichen Straftätern und die fünf sich noch in Haft befindlichen Täter.

Frieder Lein war dabei, die vier Männer zu überprüfen, die ihre Haftstrafe bereits verbüßt hatten.

„Aber warum jetzt?", fragte Kate. „Warum sollten sie jetzt an Mike Rache nehmen? Sie sind draußen. Gut." Sie schüttelte den Kopf.

Auch Marianne Jäger pflichtete ihr bei.

„Außerdem", gab diese zu bedenken. „Drei der vier sind nicht eben die hellsten Kerzen auf der Torte. Solch ein Plan, anhand eines Schachspiels Menschen zu töten, nur um Mike herauszufordern, das traue ich keinem der drei zu. Aber schauen wir, was Frieder herausfindet."

„Die Frage wäre doch, wer hätte die Möglichkeiten, das vom Gefängnis aus zu steuern?", wandte jetzt Omar ein, der bisher geschwiegen hatte.

Karsten Windisch zuckte leicht die Schultern.

„Nahezu jeder, der weiß, wie man an die notwendigen Kommunikationsmittel herankommt."

Mike fuhr sich mit beiden Händen in die Haare, sodass diese nach allen Seiten abstanden, ein Zeichen für seine Erregung.

„Gut, das ist die eine Sache. Aber wer lässt sich auf so etwas herein, im Namen eines anderen Verbrechen zu begehen, kaltblütige Morde?"

Kate zuckte die Schultern. „Die Geschichte ist voll

davon, da hat Omar nicht Unrecht. Außerdem funktionieren auf diese Weise auch Sekten. Ein charismatischer Anführer, der andere manipuliert. Schau dir doch bloß diese Liste an."

Sie deutete auf die Namen an Mariannes Pinnwand.

„Petermann, ein Meister der Manipulation."

Mike stand auf und tigerte durch den Raum. Seine Verzweiflung in diesem Fall war geradezu greifbar.

„Aber wie wollen wir das herausfinden? Wir wissen nicht einmal wer der Täter ist, geschweige denn sein Hintermann."

„Oder Hinterfrau", ergänzte Kate und deutete auf den Namen Katja Rademacher. „Ihr traue ich es zu 100% zu."

Als sie Mikes resignierten Blick sah, wischte sie mit der Hand durch die Luft, als wolle sie einen unsichtbaren Nebel vertreiben.

„Wir müssen in die Systeme der einzelnen Haftanstalten. Nur so können wir…"

Sie brach ab, als Mike in ein verzweifelt klingendes Lachen ausbrach.

„Vergiss es. Wenn ich damit zu Gebhardt komme, fliege ich hochkant raus."

Kate zog nur die Augenbrauen nach oben.

„Wirklich Kate, keine Chance", ergänzte er schließlich und sie nickte langsam.

„Okay", sagte sie leise und alarmiert sah Mike sie an.

„Nein, du nicht und Steven schon gar nicht. Er wird sich nicht in die Systeme einhacken, verstanden?"

Seine Stimme war ungewohnt laut geworden und

alle Anwesenden starrten ihn an.

„Bitte", schob er nach.

Kate nickte. „Gut. Außerdem würde ich Steven nie in eine solche Sache reinziehen."

Damit lächelte sie allen zu und verließ den Raum.

Kapitel 9

„Du willst was?"

Steven Neubauer starrte seine Chefin an, als habe er das eben gesagte nicht richtig verstanden. Als sie ihn nur mit einer hochgezogenen Augenbraue ansah, wiederholte er: „Du willst mit dem Wulf Kontakt aufnehmen?"

Kate stieß die Luft aus und setzte sich an Stevens Tisch, der direkt an dem kleinen Balkon stand, von dem aus man über das gesamte Westend schauen konnte.

Dann sah sie Steven an. „Ja und tu bitte nicht so, als sei er Gott persönlich."

Trotz ihrer leicht tadelnden Stimme hob Steven die Hände. „In unseren Kreisen schon", murmelte er, was bei Kate nur ein Kopfschütteln auslöste.

„Also", sagte sie und klopfte leicht auf den Tisch. „Du und ich sind uns wohl sicher, dass sich hinter dem ominösen Wulf Kolja Nasab verbirgt. Und auch wenn er, um es in deinen Worten auszudrücken, ein absoluter Globalplayer ist, hat er doch durch seinen Vater hier in Plauen seine Wurzeln."

Steven schüttelte den Kopf. „Und du glaubst ernsthaft, ich nehme zu ihm Kontakt auf und er springt sofort?"

Kate holte tief Luft und es war ihr anzusehen, dass ihr bald der Geduldsfaden riss. „Das lass meine Sorge sein. Ich will nur einen Kontakt, okay?"

Steven schloss kurz die Augen.

„Also gut", sagte er nach einer Weile und als Kate ihn ansah, runzelte er die Stirn. „Wie? Jetzt gleich?"

Als er sah, dass seine Chefin ihre Stirn krauszog, versuchte er es ein letztes Mal. „Kate, ich kann doch nicht so einfach…"

Mit einer Geste ihrer Hand unterbrach diese Steven. „Jetzt bitte", sagte sie barsch und fügte dann etwas gemäßigter hinzu: „Wir haben keine Zeit mehr. Steven, wer immer dieser Schachmörder ist, er will nicht nur Bogdan Serwowitsch töten. Sein primäres Ziel ist Mike."

Mit offenem Mund starrte Steven Kate an.

„Was?", fragte er, als könne er das eben gehörte nicht glauben.

Sie nickte. „Ja. Aber das muss unter uns bleiben."

Hastig nickte der IT-Experte. „Aber kann ich dir nicht irgendwie helfen?"

Kate spürte, dass Steven verletzt war. Scheinbar glaubte er, sie würde seine Fähigkeiten, für was auch immer, für nicht ausreichend halten. Sie wusste, dass nichts Steven Neubauer mehr kränken konnte als ein Zweifel an seiner Kompetenz.

Daher erhob sie sich langsam und legte eine Hand auf seine Schulter.

„Doch, das könntest du, davon bin ich überzeugt", sagte sie mit fester Stimme. „Aber was ich vorhabe, ist so illegal, dass, falls es herauskommen würde, nicht nur mir, sondern vor allen Dingen dir um die Ohren fliegen würde. Und das will ich auf jeden Fall vermeiden."

Scheinbar hatten ihre Worte Steven zwar nicht einhundert Prozent überzeugt, aber zumindest besänftigt.

Er erhob sich. „Gut, ich kontaktiere ihn sofort."

Kate klopfte ihm auf die Schulter.

„Ich wusste doch, dass ich mich auf dich verlassen kann."

Steven brachte sie zur Tür und sah sie im Treppenhaus fragend an. „Bis du dir sicher? Ich meine, mit Mike?"

Sie hörte aufrichtige Sorge aus seiner Stimme.

Langsam nickte sie. „Leider ja. Aber wir kriegen den Kerl."

Mit einem leichten Heben ihrer Hand rannte sie die Treppen hinunter.

Als Kate das Haus, in dem Steven wohnte, verließ, schüttelte sie schmunzelnd den Kopf. Den geradezu obskuren Personenkult, den Steven mit dem sogenannten Wulf betrieb, erstaunte sie jedes Mal wieder. Normalerweise reagierte er eher sachlich und sehr überlegt, aber hier schien bei ihm irgendein Schalter umgelegt zu werden.

Natürlich hatte sie damals in dem Fall, der am Ende zur Überführung von Pedro Lässig geführt hatte, selbst miterlebt, über welch geniale Strukturen der junge Mann, den eine weitreichende Computercommunity nur unter dem Namen Wulf kannte, weil er sich stets nur mit einer Wolfsmaske zeigte, verfügte. Er war es schließlich auch gewesen, der ihnen Pedro Lässig geliefert hatte, denn die Polizei war völlig im Dunkeln getappt.

Aber sowohl Mike als auch ihr war schnell klar geworden, dass der Wulf, der mit seinen Fähigkeiten internationale Verbrecher den Behörden geliefert hatte, sich kaum für ein Verbrechen im verschnarchten Plauen, wie Mike es ausgedrückt hatte, interessieren würde.

Die Tatsache, dass ein junges Mädchen, Elisabeth Nasab, die Tochter von Doktor Nasab dabei ums Leben kam und deren Halbbruder Kolja Nasab auf den Plan rief, bestärkten sie und auch Mike in dem Verdacht, dass Kolja Nasab und der Wulf ein und dieselbe Person waren. Beweisen konnte sie es natürlich nicht.

Kate stieg gerade in ihren Wagen, als ihr IPhone klingelte.

„Schulz", meldete sie sich.

„Morgen früh 9.00 Uhr in der Kaffeerösterei", sagte eine Stimme, die sie kannte.

Dann war das Telefonat so schnell beendet, wie es begonnen hatte.

Kate steckte langsam ihr IPhone in die Tasche ihrer Jeans zurück. Es wäre sinnlos, zu versuchen, ob sie zurückrufen konnte oder überhaupt eine Rufnachverfolgung anzustellen.

Der Wulf hinterließ keine Fingerabdrücke.

Kolja Nasab hatte sich nicht verändert. Schlicht, aber qualitativ hochwertig gekleidet, saß er an einem der Tische und trank einen schwarzen Kaffee, während er angeregt mit dem Besitzer Daniel plauderte, als Kate die Kaffeerösterei betrat.

„Cappuccino kommt gleich", rief Daniel ihr zu, als sie grüßend in seine Richtung die Hand hob. Sie trat auf den Tisch zu, an dem Kolja Nasab saß, als dieser aufstand und ihr die Hand reichte.

„Guten Morgen, Frau Schulz", sagte er.

„Kate", antwortete sie und er nickte mit einem kurzen Lächeln. Dann wartete er, bis sie sich gesetzt hatte und nahm auch Platz.

„Danke, dass sie so schnell gekommen sind", sagte sie und sah den jungen Mann an.

Der zuckte etwas die Schultern. „Steven hat es ziemlich dringend gemacht", sagte er und wartete kurz, weil Daniel den Cappuccino servierte.

Als dieser sich wieder entfernt hatte, beugte sich Kate etwas nach vorn in Koljas Richtung.

„So dringend, dass sie ihr Inkognito fallen lassen?" Dieser lachte auf, wurde dann aber wieder ernst.

„Ich weiß doch längst, dass sie meine Identität durchschaut haben, Kate. Hauptkommissar Köhler im Übrigen auch. Ach, das fällt mir erst jetzt wieder ein, herzlichen Glückwunsch noch zur Eheschließung."

Kate neigte lächelnd den Kopf. Dann sah sie ihn eindringlich an.

„So, damit haben wir wohl der Höflichkeit genug Tribut gezollt. Kommen wir zum geschäftlichen Teil."

Kolja Nasab sah sie an.

„Sie sind keine Frau von unnötigen Worten, nicht wahr? Nun denn, wie kann ich einer ehemaligen FBI Agentin behilflich sein?"

In kurzen Worten legte sie ihm ihre Überlegungen zu den Schachmorden dar und den möglichen Hintergründen.

Schweigend, aber hochkonzentriert, hörte Kolja Nasab ihr zu. Schließlich trank er noch einen Schluck von seinem Kaffee und sah sie ernst an.

„Respekt. Diesen Zusammenhang zu erkennen, das ist ganz große Schule."

Sie winkte etwas ab. „Es war mehr Zufall, weil mir das Schachspiel meines Vaters in die Hände gefallen ist."

Nasab schüttelte den Kopf. „Jetzt reden sie es mal nicht klein. Sie denken also, der Täter hat es auf ihren Mann, also Hauptkommissar Köhler, abgesehen?"

Kate nickte. „Ja, der Täter sieht es als ein Spiel. Nun fehlt aber im Spiel der König, den haben wir aus dem Verkehr gezogen."

Nasab beugte sich interessiert nach vorn.

„Was glauben sie, wie er jetzt reagiert?"

Kate schüttelte den Kopf.

„Er hat per E-Mail-Kontakt mit Mike aufgenommen und ihm genau bis Übermorgen Zeit gegeben, den König wieder ins Spiel zu bringen. Was dann passiert hat er nicht konkret gesagt. Nur so viel, es werden weitere unschuldige Menschen sterben."

Als sie Koljas Blick sah, schüttelte sie den Kopf.

„Die E-Mail war nicht nachverfolgbar. Das haben zumindest die IT-Sicherheitsleute der Polizei gesagt."

Kolja Nasab lehnte sich wieder zurück.

„Was genau wollen sie jetzt von mir?"

Sie schob ihm einen Zettel über den Tisch. Er klappte ihn auf und las ihn. Mit hochgezogenen Brauen sah er sie an, dann klappte er den Zettel wieder zu, behielt ihn aber in der Hand.

„Warum sollte ich das tun?", fragte er, den Zettel vor sich auf dem Tisch hin und her schiebend.

Kate erwiderte seinen Blick. „Wenn sie über das Honorar sprechen wollen…"

Sie brach ab, als Kolja Nasab die Hand hob.

„Geld interessiert mich nicht, Kate. Also, in diesem Falle zumindest nicht", entgegnete er.

Eine Weile schwiegen sie beide und Kate hörte nur das leise Zischen der Kaffeeautomaten.

Schließlich zuckte sie die Schultern. „Ich wüsste nicht, wen ich sonst darum bitten sollte. Der Polizei sind die Hände gebunden, weil der Staatsanwalt dazu niemals grünes Licht geben würde. Und meine eigenen Leute."

Sie seufzte etwas und sah Kolja Nasab eindringlich an. „Vielleicht wäre Steven auch dazu in der Lage."

Sie deutete auf den Zettel, der noch immer auf dem Tisch zwischen ihnen lag.

„Aber ich will ihn nicht in Gewissenskonflikte bringen, denn Doktor Gebhardt, der Staatsanwalt, hat sich ziemlich eindeutig zu der Sachlage geäußert."

Langsam nahm Kolja Nasab den Zettel wieder auf.

„Aber bei mir ist es nicht so tragisch, wenn ich mit dem Gesetz in Konflikt komme?", fragte er und sah Kate eindringlich an. Dabei nahm sie ein kleines Funkeln in seinen Augen wahr.

Sie lachte leise auf. „Jetzt übertreiben sie mal nicht, Kolja. Wenn jemand seine digitalen Fußabdrücke so verwischen kann, dass nicht mal der FBI sie finden würde, dann sind sie das."

Er verneigte sich leicht in ihre Richtung. Abrupt stand er auf und ging an ihr vorbei.

Etwas verwirrt sah Kate ihn an, als er sich umwandte, den Zettel vom Tisch nahm und sagte: „Gut. Morgen, wieder hier um die gleiche Zeit."

Damit war er zur Tür hinaus.

Kolja Nasab hatte Wort gehalten.

Als Kate die Kaffeerösterei am nächsten Morgen betrat, saß er wieder am gleichen Platz und trank Kaffee. Er lächelte Kate zu und erhob sich, bis sie Platz genommen hatte.

„Ein Gentlemen durch und durch", dachte sie.

Kolja Nasab hatte wirklich ausgezeichnete Manieren und wenn man ihn so erlebte, würde man ihn eher in die Kategorie Bänker oder Manager einordnen als unter die Kategorie Hacker. Aber sie hatte schon, dienstlich wie privat, mit zu vielen unterschiedlichen Menschen zu tun gehabt, als dass sie sich von Äußerlichkeiten blenden ließ.

Nachdem auch sie ihren Cappuccino erhalten hatte, sah sie den jungen Mann ihr gegenüber erwartungsvoll an. Dieser schob seine Kaffeetasse ein Stück von sich weg und nahm den Zettel, den Kate ihm am Vortag gegeben hatte, aus der Tasche seiner Hose und reichte ihn ihr.

Langsam faltete sie ihn auf. Alle Namen darauf waren durchgestrichen, alle, bis auf einen. Sie lächelte etwas und Kolja nickte ihr zu.

„Ich sehe, er war auch ihr Favorit?"

Kate sah ihn an. „Ja."

Er legte langsam die Fingerspitzen aneinander.

„Ich habe auch die Verbindung gefunden, mit der er nach außen kommunizierte. Gut gemacht, für die Laien der Strafvollzugsbehörde allemal."

Es klang kein bisschen arrogant, sondern war lediglich eine Feststellung. Dann holte er Luft.

„Ich habe diese Verbindung…nun, ich sage einmal so, unterbrochen. Wer immer der hier draußen agierende Täter ist, er bekommt von seinem Boss keine Informationen mehr und kann auch keine Verbindung mit ihm aufnehmen."

Er nahm einen Schluck seines Kaffees und lehnte sich zurück.

„Über das *wie* müssen sie, glaube ich, nicht im Detail informiert sein. Das dient auch zu meinem Schutz."

Kate nickte zustimmend. Sie war zwar, wie sie es immer Steven gegenüber ausdrückte, kein völliger digitaler Neandertaler, aber das hier war eine ganz andere Preisklasse und sie bezweifelte, es auch nur im Ansatz verstehen zu können.

„Kann man irgendetwas zurückverfolgen?", fragte sie und Kolja Nasab lächelte.

„Wenn dem so wäre, sollte ich den Job wechseln."

Dann wurde er ernst. „Natürlich ist das alles nur zeitlich begrenzt und die beiden, nun, ich nenne sie einmal, Freunde, könnten eine neue Möglichkeit der Kommunikation finden."

Kate legte den Zettel auf einen Unterteller, nahm ein Feuerzeug aus der Tasche und zündete ihn an.

„Bis dahin, so hoffe ich, ist der Spuk zu Ende."

Daniel kam hinter seinem Tresen hervorgesprungen, nahm den Teller mit dem brennenden Zettel und eilte zum Waschbecken.

„Also Kate, willst du, dass die Feuerwehr hier aufschlägt?", fragte er atemlos und schielte in Richtung Rauchmelder.

116

Kolja winkte ab und hielt sein unauffälliges Smartphone hoch, vom dem Kate ahnte, dass es keineswegs so unauffällig war, wie es wirkte.

„Schon ausgeschaltet", sagte dieser und als Daniel ihn verständnislos anstarrte, sagte er: „War ein Scherz."

Daniel schüttelte nur den Kopf und Kolja zwinkerte Kate zu. Sie wusste, dass Kolja Nasab mit so etwas nie scherzte.

„Ich bin wirklich froh, dass ihr aus der Isolation raus seid", sagte Kate zu Matt, den sie gerade aus der Wohnung in Chrieschwitz abgeholt hatte.

Der zuckte nur kurz mit den Schultern.

„Es war ein Job wie jeder andere und Bogdan Serwowitsch war wirklich einer der angenehmsten Klienten, die man sich vorstellen kann. Absolut diszipliniert, der Traum eines jeden Personenschützers."

Kate lächelte und sah zu ihm hinüber, während sie die Lutherstraße hinauffuhren. Sie bereute es keine Stunde dem ehemaligen Marine eine Chance gegeben zu haben, auch wenn Mike damals Bedenken geäußert hatte, dass sie einen durch den Afghanistaneinsatz schwer traumatisierten Ex-Scharfschützen eingestellt hatte.

Matt erwies sich als einer ihrer besten und zuverlässigsten Mitarbeiter, der auch in brenzligen Situationen einen kühlen Kopf behielt. Gerade als Personenschützer wurde er von einigen Kunden immer wieder ganz gezielt gewünscht.

„Ich hoffe das Mike schon zu Hause ist." Sie deutete auf den Rücksitz, wo mehrere Essenbehälter standen.

„Ich habe heute so eine Menge gekauft, da werden leicht fünf Leute satt. Ich hoffe, du hast Hunger?", fragte sie und Matt lächelte.

„Für drei, keine Angst. Bei Bogdan gab es wirklich nur…nun ja, sehr gesundes Zeug zu essen."

Kate lachte und sah dann zu ihm hinüber.

„Ist Maria eigentlich noch bei ihren Eltern?"

Die Eltern von Matts Freundin, die nach ihrer

Rückkehr aus Amerika eine Marketingfirma in ihrer Heimatstadt Greiz gegründet hatte, lebten schon einige Jahre in Hamburg.

Matt räusperte sich verhalten und sah aus dem Wagenfenster. „Ja", sagte er schließlich einsilbig.

Kate musste gerade an einer Ampel halten und trommelte sanft mit den Fingern auf ihr Lenkrad. Dann sah sie wieder hinüber zu Matt.

„Du musst mir nichts sagen, wenn du nicht willst. Aber wenn dir wie reden ist, höre ich dir gern zu."

Als er nichts sagte, nickte sie für sich und fuhr los. Nachdem ihr Jasmin einmal durch die Blume zu verstehen gegeben hatte, dass sie sich zu wenig um die privaten Belange ihrer Mitarbeiter kümmerte, hatte sie sich vorgenommen, dies öfter zu tun. Aber scheinbar war ihr erster Versuch dahingehend nicht gerade glücklich gewählt.

„Sie ist schon wieder da. Aber ich bin…nun ja, ich werde ausziehen. Bis jetzt habe ich ja mehr oder weniger in der Wohnung in Chrieschwitz gelebt und jetzt…" Er räusperte sich und schwieg.

Kate sah schnell zu ihm hinüber. „Wenn du willst, kannst du einstweilen in unsere sichere Wohnung an der Bahnhofstraße ziehen", sagte sie.

Er wandte sich ihr jetzt wieder zu, seine Gesichtszüge völlig unter Kontrolle.

„Danke", sagte er und Kate nickte.

„Sie ist voll eingerichtet und als Übergangslösung nicht schlecht."

Dann räusperte sie sich etwas. „Vielleicht renkt es sich ja wieder ein. Ein bisschen Abstand hilft manchmal."

„Ja, vielleicht", sagte Matt, aber in seiner Stimme klang wenig Hoffnung.

Kate stieg mit Matt fast gleichzeitig aus dem Wagen, als sie ihren Nachbarn Ernst Winter sah, der mit so schnellen Schritten, wie es ihm mit zwei Unterarmgehstützen überhaupt möglich war, in Richtung des Zaunes gelaufen kam. Kate trat etwas näher zu ihm hin, während Matt am Auto wartete.

„Hallo, Herr Winter, sie sollten aber…"

„Katherina, ich wollte sie gerade anrufen. Da kam vorhin so ein seltsamer Mann. Er hat ihr eine Weile gewartet und als Mike vorgefahren kam und aus dem Auto gestiegen ist, ist er sehr schnell zu ihm hin und dann mit ihm im Inneren verschwunden."

Kate runzelte leicht die Stirn. „Naja, vielleicht…"

Der alte Herr schüttelte energisch den Kopf.

„Katherina, der hatte eine Waffe."

Kate hatte für einen Augenblick das Gefühl, als würde ihr jemand den Boden unter den Füßen wegziehen. Dann fasste sie sich in Sekundenschnelle.

„Rufen sie die Polizei, schnell. Verlangen sie Kommissarin Jäger. Sagen sie ihr, was sie mir gesagt haben und dass ich vor Ort bin."

Der alte Herr nickte und eilte in Richtung Haus zurück.

Matt hatte sie vom Auto aus beobachtet und kam umgehend mit sorgenvoller Miene näher.

„Was ist?", fragte er.

Kate zog ihn in Richtung Carport. „Der Kerl ist im Haus, Herr Winter hat ihn gesehen. Wahrscheinlich hat er Mike in seiner Gewalt, laut Herr Winter hat er eine Waffe, mit Sicherheit eine Pistole. Er verlässt sich also nicht mehr auf sein Schlagwerkzeug."

Matt zog sein IPhone aus der Hosentasche, aber Kate schüttelte den Kopf und deutete in Richtung Nachbarhaus.

„Er ruft schon an. Matt, ich gehe jetzt rein. Gib mir von hier draußen Deckung."

Sie wusste, dass Matt als Personenschützer seine Waffe immer einstecken hatte.

Entsetzt starrte dieser sie an. „Du willst allein da hinein?", fragte er sie auf Englisch, als traue er seinen Deutschkenntnissen nicht mehr.

Sie nickte. „Ja. Also?"

Er schüttelte den Kopf und hielt ihr seine Waffe hin. „Dann nimm die wenigstens."

Kate drückte die Pistole wieder in seine Richtung. „Nein. Vertrau mir, aber bleib in Reichweite. Wenn du etwas Ungewöhnliches hörst, komm rein."

Sie schlug ihm kurz auf die Schulter, nahm ihren Schlüssel und eilte die Stufen hinauf.

„Shit", murmelte Matt und ging um das Haus.

Da Ernst Winter ihn kannte, bestand keine Gefahr, dass dieser ihn plötzlich als aufmerksamer Nachbar zur Rede stellen würde. Außerdem würde dieser noch mit der Polizei telefonieren.

Vorsichtig schlich er in Richtung Terrasse. Dort war

der ideale Punkt, um schnell ins Haus zu gelangen.

Er fand eine gute Position und wartete.

Als ehemaliger Scharfschütze verstand er sich darauf, lange und regungslos auszuharren, immer bereit, im entscheidenden Moment zuzuschlagen.

Im Haus war es still. Er wusste nicht, in welchen der Räume sich Kate, Mike und der Täter aufhielten. War es im oberen Bereich des Hauses, war es schwieriger. Er müsste im Notfall die Treppe nach oben und war nicht gesichert.

Da ertönte ein Schuss.

Kate öffnete die Haustür und trat in den Flur. Geräuschvoll ließ sie den Schlüsselbund in eine Schale auf einer kleinen Anrichte fallen.

„Schatzi?", rief sie laut. „Schatzilein, bist du da?"

Langsam ging sie in Richtung Wohnzimmer, als aus der Bibliothek eine etwas erstickte Stimme tönte.

„Ja, Mäusezähnchen, ich bin hier."

Kate drehte ab und ging in Richtung Bibliothek.

„Das war wieder ein Tag, sag ich dir, also diese…"

Wie angewurzelt blieb sie in der Tür stehen.

Mike saß auf einem Stuhl in der Nähe des Kamins, seine Hände hinter der Lehne mit Handschellen gefesselt. Ein Auge war komplett zugeschwollen, aus dem rechten Mundwinkel tropfte etwas Blut, weil die Lippe aufgeplatzt war.

Zwei Schläge, registrierte Kate, aber scheinbar keine ernsthaften Verletzungen.

Daneben stand ein Mann, Anfang Dreißig, recht gut durchtrainiert, in Jeans und T-Shirt, mit kurzem dunklen Haar und kantigem Gesicht. In seiner rechten Hand hielt er eine Browning, die er jetzt in Kates Richtung schwenken ließ.

„Hallo Frau Schulz", sagte er und nickte in Richtung eines weiteren Stuhles, der nicht weit von Mikes entfernt stand.

„Was, was wollen sie?", stammelte Kate, ohne sich von der Stelle zu rühren.

Der Mann grinste. „Jetzt strapazieren sie meine Geduld nicht damit, dass sie sich bewusst dumm stellen. Wo ist Serwowitsch?"

Er angelte aus seiner Gesäßtasche ein weiteres Paar Handschellen und warf sie Kate zu.

„Hinsetzen und die rechte Hand festmachen."

Kate blieb wie paralysiert stehen.

„Verstehst du mich nicht?", brüllte der Mann sie an und fuchtelte mit der Pistole umher.

„Hören sie", warf jetzt Mike leise ein. „Meine Frau war zwei Mal Opfer einer Entführung. Sie ist noch in psychologischer Behandlung. Sie macht das nicht um sie zu ärgern."

Der Mann sah Mike kurz an, dann fixierte er Kate, die zu zittern begann und krampfhaft versuchte, die Handschellen, um ihr Handgelenk zu legen. Dabei fielen diese zu Boden.

„Aufheben", herrschte der Mann sie an und als sie nicht reagierte, trat er einen Schritt näher, soweit, dass er die Handschellen mit dem Fuß berühren konnte. Er zog sie zu sich heran und bückte sich, nicht, ohne Kate aus den Augen zu lassen, die im gleichen Moment ohnmächtig zu Boden sank.

„Verdammt", entfuhr es dem Mann, dann schnellte sein Kopf wie ein Baseball nach hinten.

Die Waffe wurde aus seiner Hand geschleudert und ehe er reagieren konnte, sah er aus dem Augenwinkel, wie Kate Schulz auf die Füße gesprungen war und die Waffe ergriff.

Auch er war nur einen kurzen Moment von dem starken Fußtritt betäubt und sprang auf.

„Unten bleiben", herrschte Kate ihn an, was er völlig ignorierte.

Er wollte sich auf sie stürzen, als ein Schuss die Luft zerriss und er einen unsäglichen Schmerz in seinem Oberschenkel spürte. Wie ein Taschenmesser klappte er zusammen.

Dann splitterte Glas und ein riesiger Mann stürmte mit einer Waffe im Anschlag herein.

„Gesichert", rief Kate ihm entgegen und deutete auf die Handschellen, die noch immer am Boden lagen.

„Die kannst du gleich nutzen, Matt. Und schau mal, ob er die Schlüssel einstecken hat."

Dann sah sie sich um und ging auf ihren Mann zu.

„Alles okay?", fragte sie Mike, während Matt den stöhnenden Mann am Boden fesselte und durchsuchte.

„Schatzilein? Wirklich?", fragte der und zuckte trotz schmerzverzogenem Gesicht mit den Lippen.

Matt hatte inzwischen die Schlüssel gefunden und schloss Mike die Handschellen auf. Dieser nahm die Arme nach vorn und verzog das Gesicht.

Kate lächelte ihn an. „Na komm, Mäusezähnchen war auch nicht besser. Aber es hat funktioniert."

Er stand langsam auf und umarmte seine Frau.

„Du bist verrückt, hier einfach so reinzukommen. Woher wusstest du es?"

Sie kuschelte sich kurz fest an ihn, dann trat sie einen Schritt zurück.

„Herr Winter hat ihn gesehen und dass er dich mit der Waffe bedroht hat."

Mike griff nach seinem Telefon.

„Es geht doch nichts gegen aufmerksame Nachbarn.

Ich rufe nur schnell an, nicht das die ganze Kavallerie hier erscheint."

Dann sah er zu Matt und grinste ihn an. „Muss bei euch Marines immer was zu Bruch gehen?"

Omar kniete vor Mike und leuchtete ihm ins Auge.
„Also, verletzt scheint nichts zu sein. Es wird wahrscheinlich eine schöne Schwellung mit allen Regenbogenfarben geben, aber im Auge selbst sieht es gut aus. Allerdings sollte es sich ein Kollege noch einmal genauer ansehen."

Mit einem leichten Stöhnen stand er auf und legte Mike die Hand auf die Schulter. Dann deutete er auf dessen Mund. „Zähne locker?"

Mike schüttelte den Kopf. „Nein, mir schmerzt nur die ganze Seite, vom Auge bis zum Unterkiefer."

Langsam stand er auf. „Aber wenn du sagst, es ist so weit alles in Ordnung sehe ich keine Veranlassung ins Krankenhaus zu gehen."

Omar drehte die Augen nach oben und schloss seine Arzttasche.

Auf Kates Anruf hin war er sofort nach drüben geeilt und hatte zu seinem Erstaunen einen niedergeschlagenen Hauptkommissar, der allerdings bereits bequem auf der Couch saß, einen angeschossenen und verletzten Unbekannten, der mit Handschellen auf dem Boden lag, vorgefunden. Daneben Kate und Matt, der Glasscherben der eingeschlagenen Terrassentür aufsammelte.

„Was ist denn hier los?", hatte er erstaunt gefragt und sich dann dem Verletzten am Boden zugewandt.

„Rettung ist informiert", sagte Kate knapp.

Omar sah sich die Wunde am Bein des Verletzten an.
„Glatter Durchschuss, gut gezielt", sagte er an Matt gewandt, der seinerseits die Achseln zuckte und auf

Kate deutete.

In diesem Moment drang der Heulton des Rettungs-
wagens durch die glaslose Terrassentür, gefolgt von
einem Polizeihorn.

„Soweit zum Thema keine Kavallerie", murmelte
Kate und sah Mike an, der mit den Schultern zuckte.
Innerhalb von Minuten verwandelte sich das Haus in
ein regelrechtes Chaos. Rettungssanitäter und Notarzt kümmerten sich um den Verletzten, Kommissarin Marianne Jäger, die zeitgleich mit zwei Streifen-
wagen eingetroffen war, ordnete eine Personenüber-
wachung des bisher noch unbekannten Täters an, der
außer leise Schmerzgeräusche nichts von sich gab.
Inzwischen war das Haus wieder relativ leer.

Omar hatte Mike gegenüber Platz genommen und
trank einen Schluck Kaffee, den Kate schnell für alle
gekocht hatte.

Marianne Jäger hatte die Waffe, aus der Kate den
Schuss abgegeben hatte, in die Spurensicherung brin-
gen lassen und saß jetzt auch mit den anderen am
Tisch.

Nachdenklich trank sie vom Kaffee. „Also, damit haben wir scheinbar den Täter. Wollte er Mike auch töten?"

Kate schüttelte langsam den Kopf. „Nein, er wollte
erst einmal an Serwowitsch ran. Das war sein Auftrag. Hätte er Mike getötet, wäre das Spiel aus. Er hat
nicht gedacht, dass es so aus dem Ruder läuft."

Mike atmete geräuschvoll aus und betastete seine
Wange. „Ich bin aus dem Auto gestiegen, da stand er

plötzlich hinter mir. Er drückte mir die Waffe ins Kreuz und sagte nur, ich solle aufschließen. Ich habe nicht gezweifelt, dass es eine scharfe Waffe ist. Hier drin musste ich mich auf den Stuhl setzen, dann hat er mich mit den Handschellen fest gemacht. Er wollte wissen wo Serwowitsch ist und als ich es ihm nicht sagte, hat er zugeschlagen, zwei Mal. Dann kam auch schon Kate."

Er sah zu ihr hin und schüttelte langsam den Kopf.

„Das war gefährlich", sagte er leise.

Matt, der neben ihm saß, rückte etwas nach vorn.

„Ich wollte sie abhalten", sagte er zu seiner Verteidigung, als Omar dröhnend begann zu lachen.

„Na das will ich einmal sehen, Kate Schulz von einem Vorhaben abbringen."

Diese schüttelte den Kopf, musste aber unwillkürlich lächeln und auch Mike verzog, schmerzgeplagt, sein Gesicht.

Marianne Jäger erhob sich. „So, ich fahre jetzt ins Krankenhaus und schau mal, was ich über Mister Unbekannt herausbringe. Wenn wir Glück haben, was ich hoffe, sind seine Fingerabdrücke im System."

Als Mike sich ebenfalls erheben wollte, schüttelte sie den Kopf. „Leg dich besser hin. Für die Befragung ist auch morgen noch Zeit. Vielleicht muss er erst operiert werden, da können wir noch gar nichts machen."

Kapitel 10

„Falk Martens, vierunddreißig Jahre. Einige Vorstrafen wegen Körperverletzung, Bandenkriminalität, aber es hat nie für eine Gefängnisstrafe gereicht, immer Bewährung, Sozialstunden. Bis vor sechs Jahren. Da hat er in einem Streit einen gleichaltrigen Somalier totgeschlagen. Ihm konnte kein rassistisches Motiv nachgewiesen werden. Aber der Somalier war unbewaffnet, Martens hat viereinhalb Jahre bekommen."

Marianne Jäger deutete auf das Board. „Und was denkt ihr, mit wem er im Gefängnis war?

Mike setzte sich gerade hin. „Pedro Lässig?"

Kate, die ebenfalls an der Beratung teilnahm, sah zu Marianne hin, die ihr zulächelte.

„Nein", sagte sie. „Diese Spur ist kalt und ich habe von Anfang an nie recht daran geglaubt, das Lässig etwas damit zu tun hat. Ja, natürlich war er digital sehr gut vernetzt, aber Lässig war und ist keine Führungspersönlichkeit. Er agiert im Verborgenen."

„Aber das tut der Täter doch", warf Omar ein.

Kate sah zu ihm hin.

„Ja, aber er ist der dominante Part in dieser Sache und das ist Lässig nicht. Von dem dominanten Partner stammt der Plan und vor allem, er war dazu in der Lage, Martens zu steuern und davon zu überzeugen, genau diese Morde so zu inszenieren. Martens war der perfekte Täter, er ist skrupellos und hat ein hohes Aggressionspotential und er konnte gut manipuliert werden. Unser Glück war, das Martens jetzt die Nerven verloren hat, weil er Serwowitsch nicht finden und sein Chef ihm plötzlich keine Anweisungen mehr geben konnte."

Mike fuhr jetzt herum und klopfte mit der Hand auf den Tisch. „Verdammt Kate, jetzt sag endlich wer es ist und warum er keine Nachrichten mehr schicken kann."

Seine Frau lächelte. „Frage eins kann ich dir beantworten, Frage zwei nicht."

„Na, da bin ich jetzt auch gespannt."

Alle sahen in Richtung Tür, wo gerade Staatsanwalt Gebhardt den Raum betrat.

Kate neigte in seine Richtung den Kopf. „Guten Abend, Herr Doktor Gebhardt. Ich mache es kurz. Der eigentliche Initiator der Schachmorde ist Florian Seidel."

Alle Anwesenden sahen sich erstaunt an, bis Marianne Jäger Kate stirnrunzelnd musterte. „Der Würger?"

Diese nickte. „Ja, er hat meine Mitarbeiterin Romy Sommer getötet und auch Felix Bauer. Er sitzt noch immer in Haft. Lebenslänglich, wie sie sicher wissen und vielleicht sogar mit anschließender Sicherheitsverwahrung. Der Mann ist der absolute Psychopath und diese Konstruktion der Morde passt in sein Profil."

„Nur, dass er die Morde nicht begangen haben kann, Frau Schulz, denn er sitzt, wie sie so treffend sagen, in Haft", wandte jetzt der Staatsanwalt ein, der sich inzwischen in die Runde gesetzt hatte.

„Aber diesen Martens haben sie, also weisen sie ihm, neben der Geiselnahme von Herrn Hauptkommissar Köhler und den unerlaubten Waffenbesitz, auch die anderen Taten nach."

Mike sah, dass Kate mit sich kämpfte, nicht entnervt die Augen nach oben zu drehen.

„Dann machen sie sich schon einmal auf einen langen Indizienprozess gefasst, Herr Doktor Gebhardt", sagte sie stattdessen ruhig. „Martens wird nichts gestehen und die Spurenlage ist ausgesprochen dünn, um nicht zu sagen, da ist nichts, aber auch gar nichts, was ihn zweifelsfrei überführen könnte."

Sie sah zu Karsten Windisch, der betrübt nickte.

„Ausgesprochen dünn", bestätigte dieser mit getragener Stimme.

Der Staatsanwalt stand auf. „Trotz allem und ich betone das nachdrücklich, bekommen sie von mir keine Genehmigung für irgendwelche Überwachungen von Gefangenen oder gar einer gesamten Haftanstalt."

Langsam wandte er sich Kate zu.

„Ich hoffe, ich habe mich klar ausgedrückt, Frau Schulz. Ich wünsche auch ihrerseits oder von Seiten Herrn Neubauer keinerlei solcher Aktivitäten und hoffe in ihrem Interesse, dass so etwas nicht bereits schon geschehen ist."

Er sah Kate immer eindringlicher an, als wolle er ihr ein Geständnis entlocken.

Ernst nickte Kate. „Das kann ich ihnen ruhigen Gewissens versprechen, Herr Doktor Gebhardt, weder ich noch Herr Neubauer haben oder hatten mit solch einer Aktion irgendetwas zu tun.", sagte Kate.

Der Staatsanwalt holte tief Luft. „Irgendwie werde ich das Gefühl nicht los, das hier irgendeine Schweinerei im Gange ist."

Grußlos verließ er den Beratungsraum und alle sahen Kate an, die beide Hände hob.

„Ich habe nicht gelogen", sagte sie, aber Omar schüttelte grinsend den Kopf.

Mike hatte vor, Martens erst am nächsten Morgen zu vernehmen. Sollte er ruhig erst einmal eine Weile schmoren, immerhin war er sicher im Krankenhaus unter Bewachung aufgehoben.

Also hatte er die Beratung für heute beendet und fuhr nach einer kurzen Absprache mit Kate nach Hause.

Diese schwieg im Wagen und sah nur aus dem Fenster, als sie über die Friedensbrücke fuhren. „Wollen wir noch etwas essen gehen?", fragte Mike und sah zu ihr hinüber.

Sie schüttelte stumm den Kopf. Dann atmete sie tief ein. „Ich wäre heute Abend gern ohne Gesellschaft, ich meine, außer deiner." Sie spürte, wie er lächelte und den Blinker setzte.

„Ich bestelle uns was Indisches, was meinst du?", fragte er schließlich und bediente, nachdem sie genickt hatte, die Fernsprecheinrich-
tung.

Als sie vor dem Haus parkten, kam Ernst Winter auf die Terrasse und winkte herüber.

Mike stieg aus und ging zu ihm hin. „Danke noch mal, dass sie so gut aufgepasst haben", sagte er und reichte dem alten Mann über die Brüstung die Hand.

„Ich bin nur froh, dass ihnen nichts passiert ist und auch Katherina nichts."

Er deutete mit dem Kinn in Richtung Kate, die inzwischen die Haustür aufschloss.

„Naja, mit uns wird es wenigstens nicht langweilig", sagte Mike und Ernst Winter lachte.

„Schönen Abend", sagte er und ging zurück ins Haus, immer noch sehr bedacht mit seinen Gehstützen. Seufzend sah Mike ihm nach.

Seinen agilen Nachbarn so zu sehen, schmerzte ihn. Dann folgte er Kate ins Haus. Sie war inzwischen ins Esszimmer gegangen und deckte den Tisch ein.

„Wein?", fragte sie ihn, während sie sich ein Glas von Omars selbstgemachter Limonade einschenkte.

Er schüttelte den Kopf. „Nein danke, gib mir bitte auch was von Omars Zauberkräutertrank."

Sie warf ihm einen aufmerksamen Blick zu.

„Wirklich alles okay?", fragte sie, während sie auch für ihn ein Glas bereitstellte.

Er nickte schnell. „Natürlich, mein Auge sieht zwar schlimmer aus als es ist, aber es tut nicht mehr so weh. Außerdem hat mich Omar mit Schmerztabletten abgefüllt, darum will ich keinen Alkohol."

In diesem Moment klingelte es. Kate sah auf ihr IPhone. „Das ist schon der Lieferservice. Das ging ja echt schnell."

Sie ging an die Tür, gab dem Boten ein Trinkgeld und nahm die Boxen in Empfang. Ihre Rechnung beglichen sie immer wöchentlich in der Gaststätte selbst. Während sie alles auf den Tisch stellte, hatte Mike sich bereits gesetzt und sah ihr zu.

„Sag mir jetzt bitte, wie du das mit Florian Seidel herausbekommen hast." Sie warf ihm schnell einen Blick zu, dann setzte sie sich und nahm sich von dem duftenden Reis.

Schließlich lehnte sie sich zurück und sah ihn

eindringlich an.

„Kolja Nasab", sagte sie kurz und legte das Chicken Masalla dazu.

Mike starrte sie an, dann öffnete er den Mund und schloss ihn wieder. Schweigend nahm er den Reistopf, stellte ihn aber wieder zurück.

„Der Wulf?", fragte er schließlich ungläubig.

Kate zuckte leicht die Achseln.

„Wie Doktor Gebhardt schon sagte, weder ich noch Steven sollten an dieser Sache beteiligt sein. Sind wir auch nicht, also habe ich ihm nicht zu viel versprochen."

„Aber dann…"

Kate hob einen Finger. „Mike, dieses Gespräch hat nie stattgefunden. Alle Informationen, die ich habe oder noch erhalte, kannst du nicht verwenden, offiziell zumindest nicht."

„Ähm…", begann er, aber Kate schob den Reistopf in seine Richtung. „Esse jetzt. Bitte."

Mike atmete tief ein, sagte aber nichts mehr, sondern legte sich auf.

„Der Zweck heiligt die Mittel", murmelte er schließlich. „Der alte Machiavelli hatte ja so recht."

„Du hast ihn verloren, für immer."

Florian Seidels Stimme hallte nach, als Kate fassungs-
los auf das Blut starrte, dass aus Mikes Halsschlag-
ader schoss, und ihr T-Shirt, ihre Hände und ihr Gesicht traf. Sie konnte nicht handeln, wie festgeklebt
stand sie da und starrte in die brechenden Augen ihres Mannes, der, trotz der fast komplett durchge-
schnittenen Kehle, etwas zu ihr sagen wollte. Was
war es? Das er sie liebte? Das sie ihn erlösen sollte?
Aber noch schlimmer war Seidels Lachen. Dieses hä-
mische, laute Lachen.

Er hatte das Messer weggeworfen, scheinbar sah er in
ihr keine Bedrohung, kein Wunder, so paralysiert wie
sie war. Plötzlich brach das Lachen ab.

„Du hast mich mit diesen Notizbüchern überführt,
aber ich habe jetzt dein Leben zur Hölle gemacht",
sagte er mit leiser Stimme und deutete auf Mike.

Kate öffnete die Augen.

Sie war schweißgebadet und atmete stoßweise. Verdammt, es war wieder ein Alptraum gewesen und
ein ziemlich realistischer dazu. Sie hatte nicht nur das
Blut gesehen, sie hatte es auch gerochen. Noch immer
hatte sie das Gefühl, den Eisengeruch in der Nase zu
haben. Hoffentlich hatte sie nicht geschrien?

Langsam drehte sie sich nach rechts. Mike lag neben
ihr und atmete tief und regelmäßig. Gott sei Dank
hatte er nichts mitbekommen.

Vorsichtig schlug sie die dünne Decke zur Seite und
erhob sich. Barfuß ging sie hinunter in die Küche,

nahm eine Flasche Mineralwasser aus dem Kühlschrank und trank in kleinen Schlucken.

Die Digitalanzeige der Küchenuhr zeigte kurz nach drei.

Sie spürte ihren beschleunigten Puls und versuchte, durch konzentrierte Atemübungen diesen wieder in ein normales Level zu bekommen.

Sie brauchte ungefähr eine Viertelstunde, dann hatte sie sich so weit beruhigt, dass sie glaubte, vielleicht doch noch einmal einschlafen zu können, auch wenn sie sich, wie so oft in letzter Zeit, davor fürchtete.

Oft, eigentlich zu oft, war sie nach so einer Attacke lieber wachgeblieben und hatte sich an ihren Laptop gesetzt, um etwas zu arbeiten. Aber sie brauchte Schlaf, dringend, das spürte sie. Also beschloss sie, das Risiko einzugehen und sich wieder hinzulegen. Langsam ging sie nach oben und legte sich neben Mike. Konzentriert schloss sie die Augen und versuchte, ruhig zu atmen. Mit Erfolg, bereits nach wenigen Minuten war sie eingeschlafen.

Und so sah sie auch nicht Mikes besorgten Blick, als sich dieser auf den Ellenbogen aufstützte und sie stirnrunzelnd musterte.

„Herr Hauptkommissar Köhler, guten Tag."

Doktor Feigler erhob sich von seinem Stuhl und streckte Mike die Hand entgegen, die dieser ergriff.

Nachdem sie an einem kleinen Tisch, auf dem diverse Getränke standen, Platz genommen hatten, sah der Psychiater ihn aufmerksam an.

Mike erwiderte den Blick. „Ich würde ihre fachliche Expertise benötigen."

Als der Psychiater nickte, umriss Mike die bisherigen Erkenntnisse zu dem Fall, auch Kates Schachspieltheorie sowie den Zusammenhang zwischen Martens und Florian Seidel.

„Gibt es ihrer Meinung nach einen solchen Zusammenhang?", schloss er.

Doktor Feigler lehnte sich zurück und schloss kurz die Augen. „Ich habe damals Florian Seidel begutachtet. Ohne ins Detail gehen zu können, kann ich sagen, dass er unter einer schweren Persönlichkeitsstörung leidet. Er ist eine narzisstisch- dissoziale Persönlichkeit, geradezu wie aus dem Lehrbuch. Da es ihm gelingt, sich im geeigneten Fall zu beherrschen, ja, geradezu liebenswert, aber auch charismatisch zu sein, kann er Menschen ausgesprochen gut manipulieren. Das macht ihn auch so gefährlich, wie er ja unter Beweis gestellt hat. Er kann eiskalt planen und diesen Plan durchsetzen. Er hat also mit Sicherheit diesen Martens, der mit ihm zusammen täglich auf engstem Raum war, manipuliert. Dazu ist er also durchaus in der Lage, wenn es das ist, was sie wissen wollten,

Herr Hauptkommissar."

Mike nickte. „Was ich allerdings nicht verstehe, warum ist er so versessen auf die Rache an mir? Ich habe ihn zwar festgenommen, ja, aber überführt hat ihn Kate."

Der Psychiater nickte. „Nun ja, das ist wohl das wirklich perfide an dem Plan. Seidel ist klar, dass es ihre Frau am meisten treffen würde, wenn ihnen etwas passiert. Das war ja wohl sein Ziel, seinen Gegner…" Der Psychiater malte Gänsefüßchen in die Luft. „Zu besiegen, wie im klassischen Schach. Er holte sich nach und nach alle Figuren, um sie, Herr Hauptkommissar, matt zu setzen. Und matt bedeutet für ihn, dass sie sein letztes Opfer gewesen wären. Mit Sicherheit hatte er irgendetwas besonders sadistisches geplant mit dem Hintergrund, damit ihre Frau zu treffen. Wenn sie es also genau nehmen, hatte er immer ihre Frau im Visier."

Mike runzelte die Stirn. „Aber warum hat Martens mich dann nicht erschossen, als er in unserem Haus war?"

Der Psychiater zuckte leicht die Schultern. „Weil er klare Anweisungen hatte. Das Muster hat sich Seidel ausgedacht und er hat Martens befohlen, sich strikt daran zu halten. Als die Verbindung zwischen Martens und Seidel plötzlich gekappt wurde, ist Martens panisch geworden. Allein war er einfach nicht in der Lage, eine vernünftige Entscheidung zu treffen. Er wollte mit aller Gewalt an Serwowitsch, den König, heran, genau wie Seidel es ihm gesagt hatte. Ob er überhaupt wusste, dass er auch noch sie umbringen soll, Herr Hauptkommissar, wage ich zu bezweifeln. Einen Polizisten zu töten ist noch einmal eine ganz andere Sache. Aber nachdem Seidel ihn mit den Morden in der Hand hatte, wäre ihm nichts anderes mehr übriggeblieben."

Mike nickte langsam. „Da hatte ich also mehr Glück als Verstand."

Der Psychiater lächelte. „Naja, ihre Frau kam ihnen ja rechtzeitig zu Hilfe."

Auch Mike musste jetzt lächeln. Dann erhob er sich. „Danke für ihre Expertise, das hat mir wirklich weitergeholfen."

Der Psychiater hob abwehrend die Hand. „Eine fundierte Expertise ist das nicht gewesen, Herr Hauptkommissar. Dazu hätte ich nicht nur Akteneinsicht bekommen, sondern auch beide Täter begutachten müssen. Ich hatte ja jetzt nur Informationen aus zweiter Hand."

Mike erhob sich und reichte Doktor Feigler die Hand. „Trotzdem haben sie mir weitergeholfen, Herr Doktor." Dieser nickte und hielt Mikes Hand etwas länger fest als gewöhnlich.

„Geht es Frau Schulz gut?", fragte er.

Als er spürte, wie Mike zögerte, ließ er dessen Hand los. „Sie kann jederzeit zu mir kommen", sagte er nur, denn Mikes Reaktion hatte ihm alles gesagt. Dieser nickte kurz und ging zur Tür.

Plötzlich blieb er stehen und sah den Psychiater an. „Die Alpträume. Werden sie jemals aufhören?", fragte er leise, als schäme er sich, in Kates Abwesenheit darüber zu sprechen.

Der Psychiater holte tief Luft. „Wenn ich ehrlich sein soll, Herr Köhler, ihre Frau brauchte eine Traumaspezialisten und das bin ich nicht. Ich kann ihr helfen sich ihren Problemen zu stellen, aber therapieren, das ist schwierig."

Mike sah in nachdenklich an. „Könnten sie jemand empfehlen?"

Nachdenklich wog der Arzt den Kopf hin und her. „Da fallen mir schon ein, zwei Kollegen ein. Aber die besten Spezialisten auf diesem Gebiet hat das FBI. Ihre Frau hat immer noch Verbindungen dort hin, die sollte sie nutzen."

Mike sah ihn erstaunt an. „Haben sie ihr das vorgeschlagen?"

Als der Psychiater seufzte, wusste Mike, dass er es getan, aber an Kates Widerstand abgeprallt war.

Also nickte er und legte die Hand auf die Türklinke.

„Ich werde es versuchen, sie zu überreden, meine ich. Aber dazu muss ich den passenden Zeitpunkt abwarten. Sonst macht Kate dicht und das kann sie wirklich gut."

Kapitel 11

„Wir können diesem Martens nichts nachweisen, keinen der drei Morde. Die Spurenlage gibt nichts her. Mikes Geiselnahme, Kates Geiselnahme auch, ja. Aber sonst, keine verwertbaren Spuren, die gegen ihn sprechen. Natürlich wird noch das eine oder andere ausgewertet, aber derzeit-nix. Und das Seidel in irgendeiner Form an der Sache beteiligt war, leider auch nicht."

Karsten Windisch sah bei dem letzten Satz zu Kate hin, die regungslos seinen Blick erwiderte. Den meisten hier war klar, dass Kate mehr wusste, aber, aus welchen Gründen auch immer, dazu schwieg oder vielleicht auch besser schwieg.

Mike schüttelte langsam den Kopf. „Das heißt ja...", hier brach er ab, um nicht das Offensichtliche zu wiederholen.

Karsten machte eine hilflose Geste. „Drei Morde, einer im Schweinestall, einer im Wald und einer am Kemmler, also auch in der freien Natur. Wir haben jede Menge Spuren, einschließlich der Mountainbikespur von Achim Steinert, aber eben keine, die Martens belasten würde. Ja, überhaupt seine Anwesenheit an den Tatorten."

Kate hob den Kopf und sah zum Leiter der Spurensicherung hinüber. „Aber er hat doch alle angefasst. Da müssen doch Spuren zu finden sein."

Karsten beugte sich in ihre Richtung. „Eben nicht. Ich

bin überzeugt, dass er nicht nur Handschuhe, sondern auch einen Overall, ähnlich unseren getragen hat inklusive Mundschutz."

„Das perfekte Verbrechen", murmelte Marianne Jäger, aber Kate schüttelte den Kopf. „Nein."

Verwirrt sah Marianne sie an. „Meinst du, das perfekte Verbrechen gibt es nicht, oder was?"

Kate lehnte sich zurück und man sah ihr an, dass sie angestrengt nachdachte. Jetzt erst reagierte sie auf Mariannes Frage.

„Sorry. Ja, das mag es geben, ein Verbrechen, das nie aufgeklärt wird. Ob es perfekt war? Da spielt der Zufall, Glück, was weiß ich, eine entscheidende Rolle. Ich meinte nur, Martens darf damit nicht durchkommen. Und es geht mir nicht nur um Martens. Es geht um Florian Seidel. Er denkt nämlich, es ist das perfekte Verbrechen und durch seine geschickte Komposition der Taten sind uns die Hände gebunden."

Sie trommelte leise mit den Fingern auf die Tischplatte, dann erhob sie sich entschlossen.

„Ich muss noch etwas klären. Martens liegt doch noch drüben im Klinikum?"

Alarmiert sah Mike auf. „Ja, mit zwei Beamten rund um die Uhr. Warum?"

Kate winkte ab und griff nach ihrer Tasche.

„Ich ruf euch an", sagte sie an Mike und Marianne gerichtet und eilte zur Tür hinaus.

Karsten Windisch grinste.

„Sie hat doch bestimmt wieder eine Schweinerei vor, um mal bei den Worten unseres geschätzten Herrn

144

Staatsanwaltes zu bleiben", sagte er, mit einem vorsichtigen Blick auf die Tür, falls dieser plötzlich hereinkommen sollte.

Mike rollte nur die Augen nach oben.

„Ich weiß nicht, ob die Idee so gut ist. Wenn das raus-kommt…"

Marianne legte Mike im Laufen die Hand auf den Arm. „Es ist derzeit unsere einzige Chance, das weißt du so gut wie ich."

Sie eilten über den Flur und öffneten die Tür zur Chirurgischen Klinik. Vor der Tür des Einzelzimmers, in dem Falk Martens lag, saß ein älterer Beamter, den sie seit langer Zeit kannten, auf einem Stuhl und ein jüngerer Uniformierter lehnte am Tresen der Station und flirtete heftig mit einer Krankenschwester.

Der Ältere erhob sich und ging auf Mike und Marianne zu.

„Alles in Ordnung, Rudi?", fragte Marianne und deutete in Richtung Zimmertür.

Der nickte. „Ja, es ist gerade Visite."

Sein jüngerer Kollege hatte die beiden Kriminalbeamten auch bemerkt und eilte heran. Marianne lächelte ihm auch zu, während Mike auf den Tross aus Ärzten zusteuerte, der gerade das Zimmer verließ und den leitenden Oberarzt, den er bereits aus einem früheren Fall kannte, nach dem Zustand des Patienten befragte. Dieser schien recht einsilbig zu antworten und steuerte mit seiner Entourage bereits das nächste Zimmer an.

Mikes Miene sagte alles, als er wieder neben Marianne trat, aber dann sah er die beiden Beamten mit einem Lächeln an.

„Wisst ihr was, Kollegen? Geht in die Cafeteria und

gönnt euch ein gutes Frühstück. Wir müssen eh noch mit Martens reden, das dauert eine Weile."

Die beiden Uniformierten sahen sich an und nickten erfreut. Kaum waren sie in Richtung Fahrstühle verschwunden, zog Mike sein Smartphone aus der Tasche und tippte eine Nachricht. Keine fünf Minuten später kam Kate mit Bogdan Serwowitsch um die Ecke gebogen.

Serwowitsch begrüßte Mike und Marianne und deutete dann auf die Tür. „Ist er da drin?"

Als Marianne nickte, sah er Mike an, dessen Zögern er bemerkt hatte. „Ich werde nicht lange brauchen."

Dann nickte er ihm ernst zu und betrat, ohne anzuklopfen, das Zimmer.

Mike holte tief Luft, als Kate neben ihn trat.

„Alles im grünen Bereich", sagte sie leise.

Mike drehte die Augen nach oben. „Eher dunkelrot, würde ich sagen."

Dann ließ er sich auf dem Stuhl nieder, auf dem vorher der uniformierte Kollege gesessen hatte, während Kate mit Marianne in Richtung Kaffeeautomat schlenderten.

„Was hat Bogdan Serwowitsch ihm gesagt?", fragte Mike Kate zum zweiten Mal an diesem Nachmittag, als sie auf der Terrasse saßen und Kaffee tranken. Mascha hatte es sich auf Kates Schoß gemütlich gemacht und ließ sich von dieser im Nacken sanft kraulen. Mit ihrer freien Hand schob Kate ihre Sonnenbrille etwas auf die Nasenspitze und sah über den Rand zu Mike hin.

„Du hast doch in Bezug auf Kolja Nasab den alten Machiavelli zitiert. Nun, bei Bogdan ist es nichts anderes. Martens hat ein vollumfängliches Geständnis abgelegt, was willst du mehr?"

Mike ruckte mit seinem Sessel etwas nach hinten, was ein schabendes Geräusch verursachte. Erschrocken fuhr Mascha auf und sprang zu Boden. Mit einem Fauchen in Mikes Richtung trabte sie gen Garten. Kate setzte sich bequemer hin und nahm in ihre nun freie Hand die Kaffeetasse.

„Vollumfänglich? Er hat nur gestanden, die drei Morde begangen zu haben. Er hat es als seine Idee verkauft und als Rache am Polizeistaat und lauter solchen Unsinn. Von Florian Seidel war keine Rede." Kate zuckte die Schultern. „Nun, ich denke auf der Skala der Angst gibt es zwischen der Rache von Bogdan und der von Seidel keinen Unterschied." Mike sah sie scharf an. „Also hat Serwowitsch Martens doch bedroht."

Kate stellte beide Füße auf den Boden und dehnte sich leicht. Mascha hatte ihre kurze Garteninspektion beendet und schlüpfte durch den Eisenzaun ins Nachbargrundstück. Sicher hoffte sie auf ein Schälchen Milch und ein paar Streicheleinheiten bei Ernst Winter und Margarete König, die ebenfalls auf ihrer Terrasse beim Kaffee saßen.

„Bedroht?", wiederholte Kate mit leicht belustigtem Tonfall. „Was denkst du eigentlich was Bogdan mit Martens besprochen hat? Einen netten Plausch so von Mann zu Mann, nach dem Motto, gib drei Morde zu und du hast einen Freund in mir? Er musste Druck machen, massiven Druck oder glaubst du, Martens hätte so mir nichts dir nichts drei Morde gestanden? Der Kerl geht für lebenslänglich hinter Gitter, mit Pech sogar mit anschließender Sicherheitsverwahrung."

Sie nahm einen Schluck von ihrem Kaffee. „Aber scheinbar war ihm das lieber als." Sie machte eine kurze Pause und sah Mike an. „Sagen wir mal, tot zu sein und vielleicht auch keinen sehr angenehmen Tod zu sterben."

Mike schüttelte den Kopf. „Das will ich alles gar nicht wissen. Gebhardt würde mich…"

„Was er nicht weiß, macht ihn nicht heiß. Er hat sein Geständnis, und mehr wird er aus Martens auch nicht herausholen. Außerdem, du weißt doch, dass es in allen Gefängnissen dieser Welt eine gewisse Hierarchie gibt. Dank dem Deal mit Bogdan steht Martens nicht am Ende der Nahrungskette, sondern sogar relativ weit oben."

Sie schüttelte den Kopf. „Martens ist vielleicht nicht

die hellste Kerze auf der Torte, aber auch kein Idiot. Ihm dürfte klar gewesen sein, dass ihr, früher oder später, ihm einen der Morde nachweisen könnt und er dann sowieso in den Knast gewandert wäre. Und dort zu sitzen und das als Feind von Bogdan Serwowitsch…" Sie machte erneut eine bedeutungsvolle Pause.

Mike sah sie an und stieß geräuschvoll die Luft aus. „Jetzt übertreibst du, ist Bogdan der Pate, oder was?"

Kate lächelte etwas, wurde dann aber wieder ernst. „Du solltest Bogdan Serwowitsch und seinen Einfluss keinesfalls unterschätzen, und glaube mir, der geht weit über Plauen hinaus. Er stand auf einer Mordliste und musste sogar untertauchen und unter Polizeischutz gestellt werden. Glaub mir, Serwowitsch mag der Gentlemen der Plauener Unterwelt sein, aber diesmal war er sauer, so richtig sauer. Und das sollte niemand unterschätzen und das hat Martens wohl auch nicht."

Kate machte eine kurze Geste mit der linken Hand und sah Mike an. „Alles in allem, es hätte doch für euch nicht besser laufen können, oder?"

Mike musterte Kate, die scheinbar aus ihrer Zeit beim FBI mehrere solcher Deals erlebt hatte. Auch wenn ihn diese Art ein Geständnis zu bekommen anwiderte, musste er ihr doch beipflichten. Der Zweck heiligte hier eindeutig die Mittel.

Er zuckte die Schultern und schenkte ihnen beiden Kaffee nach. „Und Seidel kommt ungeschoren davon?", fragte er, als er neben Kate stand.

Die blickte zu ihm hoch. Dann schüttelte sie langsam den Kopf.

„Er sitzt eh lebenslänglich, aber er muss wissen, dass wir ihm einmal auf die Schliche gekommen sind und zum anderen, dass er nie wieder die Chance haben wird, etwas ähnliches zu inszenieren."

Sie hob die Hand, als Mike etwas erwidern wollte.

„Lass das nur meine Sorge sein."

„Genau das habe ich befürchtet", sagte er leise und setzte sich wieder hin.

Kapitel 12

„Wie stellen sie sich das vor, Frau Schulz? Ich kann ihnen doch nicht so mir nichts, dir nichts eine Besuchserlaubnis für die Justizvollzugsanstalt Dresden beschaffen."

Staatsanwalt Doktor Gebhardt sah Kate mit einer Mischung aus Unverständnis und Ratlosigkeit an. Was um alles in der Welt hatte sie jetzt wieder vor?

„Ich möchte mit Herrn Florian Seidel sprechen", wiederholte sie.

Gebhardt seufzte. „Frau Schulz, Herr Seidel ist Insasse der Vollzugsanstalt. Seine Telefonate sind gestattet, sofern sie seine Familie betreffen. Er hat keinen Zugriff auf einen Computer oder ein Smartphone oder sonst etwas. Er kann also nicht aus der Hafteinrichtung heraus diesen Martens gesteuert haben, wie sie das immer wieder betonen."

Langsam wurde Kate ungeduldig. Sie stand vor dem Schreibtisch des Staatsanwaltes in dessen Büro, wo er sie mehr widerwillig empfangen hatte, da er ahnte, dass sie freiwillig nicht wieder gehen würde.

Sie beugte sich etwas nach vorn. „Sagen sie, Herr Doktor Gebhardt, glauben sie das eigentlich wirklich selbst?"

Verwirrt sah er zu ihr auf. „Wie meinen?"

Kate lachte leise. „Sie glauben wirklich, dass keiner der Gefangenen Zugang zu digitalen Medien hat, nur weil das so vorgeschrieben ist? Ich kann ihnen da unzählige Fälle nennen…"

Gebhardt hob die Hand, um sie zu unterbrechen, aber Kate fuhr unbeirrt fort. „Und damit meine ich nicht Amerika, Herr Staatsanwalt, falls sie das jetzt einwenden wollten. Nein, es gibt auch in Deutschland genügend Beispiele, die ich ihnen sehr gern benennen kann."

Gebhardt stöhnte hörbar auf. „Es ist gut, Frau Schulz. Ja, ich glaube ihnen."

Dann setzte er sich aufrecht hin und beugte sich seinerseits näher an Kate heran. „Ich glaube aber auch, dass sie irgendwie, trotz ihrer Beteuerungen, in dieser Sache mit drinstecken, dass Gefangene der einzelnen JVA…"

Jetzt war es Kate, die ihrerseits die Hand hob.

„Nein, Herr Doktor Gebhardt. Ich hatte ihnen mein Wort gegeben und dazu stehe ich. Weder ich noch meine Mitarbeiter hatten etwas damit zu tun."

Es war etwas in ihrem Tonfall, das den Staatsanwalt den Rückzug antreten ließ.

„Also gut", lenkte er ein. „Wenn sie es sagen. Ich will ihr Wort nicht in Abrede stellen. Aber was, in Gottes Namen, wollen sie von Seidel?"

„Ehrlich?", fragte sie und nahm, ohne dass er sie dazu aufgefordert hatte, auf einem Stuhl neben einem kleinen Tisch Platz.

Gebhardt erhob sich ebenfalls hinter seinem Schreibtisch und setzte sich neben Kate.

„Ehrlich!", wiederholte er und sah sie interessiert an.

Kate seufzte. „Auch wenn wir vielleicht nie beweisen können, dass Seidel der Kopf hinter der Sache war, bin ich zu 100% davon überzeugt. Er saß zusammen mit Martens in einer Vollzugsanstalt, er hat ihn rekrutiert, wie und warum auch immer. Ich will ihm klar machen, dass sein so genialer Plan gescheitert ist. Sein Plan, sich an meinem Mann zu rächen, mit diesem perfiden Schachspiel."

Gebhardt sah sie lange an. Dann holte er tief Luft.

„Sie haben zumindest recht damit, dass dieser Martens keinen Grund hat, ihrem Mann zu schaden. Seine bisherigen Vergehen fanden nicht in Plauen statt, er hatte nie Kontakt mit der Plauener Polizei oder Hauptkommissar Köhler. Diese Geschichte mit einem, nun, ich nenne es mal Hintermann, ist aber so bizarr, dass man es fast nicht glauben kann."

Kate beugte sich wieder ein wenig zu Gebhardt hin.

„Überlegen sie einmal, Herr Staatsanwalt. Seidel hat doch nichts zu verlieren. Jetzt, wo Martens gestanden hat, für was will man ihn belangen? Außerdem sitzt er sowieso lebenslänglich, vielleicht mit Sicherheitsverwahrung."

Gebhardt schüttelte den Kopf. „Warum wollen sie dann unbedingt mit ihm sprechen, Frau Schulz? Ich verstehe es nicht."

Kate beschloss ihm reinen Wein einzuschenken, anders würde sie ihn nicht überzeugen können. Sie musste es tun, auch auf die Gefahr hin, sich seinen Unwillen zuzuziehen. Sie faltete ihre Hände im Schoß und sah ihn eindringlich an.

„Martens hat er verloren, bevor sein perfides Spiel zu Ende war. Aber wer sagt uns nicht, dass er es erneut versucht, mit anderen Mitteln? Ich muss ihm klar machen, dass es jemand gibt, der genau weiß, wie er unerlaubten Kontakt nach draußen aufnimmt und der das im Notfall wieder unterbinden wird."

Gebhardt fuhr auf. „Wieder?", fragte er alarmiert.

„Was glauben sie, warum Martens so überreagiert und meinen Mann als Geisel genommen hat? Seine Verbindung mit seinem, ich nenne ihn mal seinen Boss, war abgerissen. Er wusste nicht, wie er an Serwowitsch herankommen sollte. Seidel konnte ihm keine Befehle mehr geben. Also hat er improvisiert, ziemlich stümperhaft, wenn sie mich fragen."

Gebhardt sah Kate eindringlich an, dann nickte er. Er hatte verstanden und seltsamerweise reagierte er nicht so, wie Kate es vermutet hatte. Nein, sie konnte es nicht glauben, aber ein breites Lächeln erschien auf seinen Zügen.

„Touché, Frau Schulz. Sie haben Wort gehalten und auch wieder nicht."

Dann wurde er wieder ernst. „Hören sie zu, ich kann und darf und will auch nichts darüber wissen. Aber ich gebe ihnen insofern recht, dass Seidel, wenn es denn so ist, wie sie sagen, auch in der Justizvollzugsanstalt eine Gefahr darstellt. Leider habe ich nichts in der Hand, um irgendwelche Maßnahmen einzuleiten."

Schließlich erhob er sich und ging zu seinem Schreibtisch. Er sah Kate an.

155

„Sie erhalten die Besuchserlaubnis, einmalig, versteht sich. Da sie extern für unsere Behörde arbeiten kann ich das rechtfertigen."

Kate stand ebenfalls auf und lächelte ihn an.

„Vielen Dank, Herr Doktor Gebhardt."

An der Tür blieb sie kurz stehen und sah zu ihm hinüber.

„Sie haben etwas gut bei mir", sagte sie leise und schloss die Tür hinter sich, bevor der Staatsanwalt antworten konnte.

„Frau Schulz, welch angenehme Überraschung."
Florian Seidel war von einem Beamten in den Besu-
cherraum geführt worden und nahm an dem breiten
Tisch Platz. Er hatte sich überhaupt nicht verändert,
seit Kate ihn das letzte Mal gesehen hatte.

Sie hatte schon vielen Tätern gegenübergesessen,
Mördern, Vergewaltigern, Zuhältern, Erpressern,
aber selten hatte sie jemand mit einem derart eiskal-
ten Blick gesehen, mit dem Seidel sie jetzt musterte.
Nicht, dass es ihr in irgendeiner Form Angst machte,
aber sie wurde nur darin bestärkt, dass es richtig war,
heute hier zu sein.

„Ob die Überraschung angenehm ist, bezweifle ich
doch sehr, Herr Seidel. Aber lassen wir die Höflich-
keiten. Sicher kennen sie Herrn Falk Martens?"
Gekonnt runzelte Seidel die Stirn und schüttelte
schließlich langsam den Kopf.

„Der Name sagt mir zwar etwas, aber sollte ich den
Herrn kennen?"
Kate lachte auf. „Aber Herr Seidel, das ist ihrer nun
wirklich nicht würdig."
Ein schneller und, wie sie bemerkte, hasserfüllter
Blick traf sie, dann hatte Seidel seine Gesichtszüge
wieder völlig unter Kontrolle.

„Ja, jetzt fällt es mir wieder ein. Er war ein Mitgefan-
gener. Das ist allerdings schon eine Weile her."
Kate nickte zustimmend. „Genau. Und wie immer es
ihnen auch gelungen sein mag, er hat alles genau so

gemacht, wie sie es wollten. Ein Schachspiel, zwischen ihnen und Hauptkommissar Köhler. Leider ist ihm aber der König abhandengekommen. Das war ärgerlich, nicht wahr? Wissen sie, mein Vater war ein exzellenter Schachspieler, nur darum bin ich so schnell darauf gekommen und habe den König in Sicherheit gebracht. Aber dann ging etwas schief, nicht wahr?"

Seidel starrte sie regungslos an.

„Ihre Verbindung zu Martens war abgerissen, einfach so." Sie schnippte mit den Fingern in die Luft.

„Und wissen sie was, Herr Seidel? Martens war allein auf sich gestellt und hat es verbockt. Nun wird er eine ganze Weile im Gefängnis verbringen, für drei Morde immerhin. Die hat er auch gestanden."

Seidel sagte noch immer nichts und sah Kate weiter stumm an. Sie lehnte sich bequem zurück und trommelte leise mit den Fingern auf die Tischplatte vor sich. „Sie fragen sich gewiss, warum ich hier bin und ihnen das alles erzähle?"

Als er nicht antwortete, beugte sie sich etwas nach vorn. „Es gibt jemand, der ihre Kommunikationswege genau überwacht, nicht offiziell versteht sich. Aber auf mein Bitten hin. Ganz gleich was immer sie versuchen werden. Er ist mindestens einen Schritt vor ihnen."

Noch immer keine Reaktion.

Kate stand auf und deutete dem wartenden Beamten, der außer Hörweite stand, dass sie fertig war.

Seidel öffnete jetzt den Mund und sagte: „Sie bluffen

nur, Frau Schulz."

Kate lächelte ihn an. „Glauben sie das wirklich, Herr Seidel?"

Sie sah, wie er schluckte. Also hatte sie erreicht, was sie wollte. Der Beamte stand neben Seidel und sah ihn an. Dieser erhob sich geschmeidig.

Kurz vor der Ausgangstür sah er sich noch einmal zu Kate um, weil diese seinen Namen gerufen hatte und er erstarrte.

Sie hielt ein einfaches Notizbuch in der Hand und lächelte ihm über den Rand hinweg zu. Es war eines jener Notizbücher, mit denen sie ihn geschickt in eine Falle gelockt hatte. Aber dieses Mal waren die Blätter nicht leer, sondern eine nur allzu bekannte Wolfsmaske war darauf abgebildet.

„Fast hätte ich vergessen ihnen diese Grüße auszurichten, Herr Seidel. Alles Gute für sie weiterhin."

Damit schwenkte sie auf dem Absatz herum und ging, ohne sich noch einmal umzusehen, zum Ausgang.

Draußen angekommen atmete sie tief durch. Die Luft war klar und warm, ein wundervoller Sommertag. Aber irgendwie gelang es Kate nicht, sich daran zu erfreuen.

Kapitel 13

Als Mike die Treppe hinunterging, hörte er im Flur ein Geräusch. Er schaute über das geschwungene Geländer und sah Kate, die gerade ihre Pumps von den Füßen streifte und auf Strümpfen langsam in Richtung Wohnzimmer ging. Unvermittelt blieb sie stehen, lehnte sich an die Wand und strich sich das Haar aus der Stirn.

In dem knielangen, schwarzen Etuikleid und den schwarzen Strümpfen wirkte sie geradezu zerbrechlich, etwas, was Mike heute erst auffiel. Mit zwei Sätzen sprang er die Treppe hinunter.

Kate hob langsam den Kopf und sah ihn an. Scheinbar war sein Gesichtsausdruck so vielsagend, dass sie die Hand hob.

„Es ist nichts", murmelte sie und versuchte sich an einem Lächeln, was gründlich schief ging. Er blieb einfach stehen und breitete seine Arme aus. Mit einem Seufzer ließ sich Kate in die Umarmung fallen.

„War es so schlimm?", fragte Mike leise.

An diesem Samstagvormittag war Karla von Mauersbergen beigesetzt worden.

Kate schüttelte an seiner Brust langsam den Kopf.

„Es war…", sie schluckte und fuhr dann fort. „Es war sehr würdevoll. Der Pfarrer hat einen guten Nachruf gehalten. Karlas Exmann hat sich gemeinsam mit Pia um alles gekümmert, also…" Sie brach ab.

Mike schob sie ein bisschen von sich weg und sah ihr in die Augen. „Kate, was ist los? Bitte, rede mit mir." Er wusste, dass seine Frau viele Dinge, gerade emotionale, gern mit sich ausmachte. Er umfasste ihre Schulter und schob sie sanft in Richtung Küche. „Einen Kaffee?", fragte er und als sie nickte, machte er sich am Automaten zu schaffen.

Kate setzte sich inzwischen an den Küchentisch. Als der Kaffeetopf vor ihr stand, fuhr sie langsam mit dem Zeigefinge über den Rand.

„Ich war schon bei so vielen Beerdigungen. Bei meinen Eltern, der Frau, die ich für meine Großmutter gehalten habe, vielen guten Cops, von denen ich fast alle persönlich kannte. Immer wieder die gleichen Worte, da wird die Bibel zitiert, das Schicksal bemüht. Und immer wieder die gleichen Beileidsfloskeln."

Sie schloss die Augen und schüttelte langsam den Kopf. „Ich bin dessen so müde, Mike."

Dieser setzte sich ihr gegenüber. Er griff über den Tisch und schloss seine Hand um die ihre. Eine Weile saßen sie schweigend, ohne das Kate ihren Kaffee anrührte. Schließlich stand Mike auf und hielt ihr seine Rechte hin. Als sie diese, etwas verwirrt, ergriff, zog er sie auf die Beine.

„Komm mit nach oben, du musst erst mal aus diesen schwarzen Sachen raus."

Ohne ihr eine Chance auf eine Gegenwehr zu lassen, führte er sie nach oben. Während sie langsam die Strümpfe abstreifte, hatte Mike ihren Kleiderschrank

161

aufgerissen und wühlte darin. Stirnrunzelnd sah sie ihm zu. Das war sonst überhaupt nicht seine Art, nämlich ihren Kleiderschrank zu inspizieren.

„Zieh das Kleid aus", rief er, während er in dem einen Schrankteil fast gänzlich verschwunden war. Als er wieder mitten in dem, als Ankleidezimmer umfunktionierten Raum stand, trug Kate nur noch BH und Slip.

Mike hielt ein bunt bedrucktes Maxikleid in der Hand. „Das kenne ich gar nicht", sagte er und hielt es in die Höhe.

Kate ergriff es am Saum und lächelte etwas. „Das hat mir Jasmin eingeredet. Wir waren beim Shoppen und als ich das Kleid sah, dachte ich an Ben. Er ist ein absoluter Flower-Power -Fan und hat keine Gelegenheit versäumt, solche Partys zu schmeißen."

Sie schüttelte den Kopf und Mike drückte ihr das Kleid in die Hand.

„Zieh mal an", forderte er sie auf und seufzend zog Kate es über. „Wie gesagt, das war Jasmins verrückte Idee, ich hatte es noch nie an."

Sie drehte sich etwas vor dem Spiegel und sah, wie Mike zustimmend nickte.

Als sie sich wieder umwandte, fragte er: „Und die Partys, die von Ben, haben sie dir gefallen?"

Während Kate in ihren Kleiderschrank spähte, nickte sie. „Ja. Anfangs war ich skeptisch. Aber ich glaube, es waren die schönsten Partys, die ich je in Atlanta besucht habe. Er hat es immer geschafft, diese wundervolle, unbeschwerte Zeit für ein paar Stunden wieder auferstehen zu lassen."

Sie zog ein dunkelgeblümtes, leichtes Sommerkleid mit Spagettiträgern von einem Bügel und legte es auf einen Hocker. Dann zog sie das Maxikleid aus und ließ es achtlos zu Boden fallen. Während sie das andere Kleid anzog, hob Mike es auf und hängte es sorgsam über einen Bügel.

„Es wird mit Sicherheit einmal zum Einsatz kommen", sagte er und Kate sah, wie er wieder im Kleiderschrank verschwand. Sie schlüpfte in ein paar leichte Sandaletten und ging zur Tür.

„Wollen wir etwas essen gehen?", tönte Mikes Stimme etwas leise aus dem Schrank.

Kate schüttelte den Kopf, ehe sie registrierte, dass er das ja nicht sehen konnte. „Nein, ich bin noch ziemlich satt", sagte sie schließlich.

Sie ging nach unten und wartete in der Küche auf Mike. Es war sein freies Wochenende und plötzlich kam sie sich schlecht vor, weil sie es ihm so verdarb.

„Aber wenn du willst, gerne", sagte sie deshalb, als er die Küche betrat. Er hatte sein Smartphone in der Hand und hatte offensichtlich oben telefoniert.

„Ich habe mit Jasmin gesprochen. Omar hat mal wieder so viel gekocht, dass locker zehn Leute satt werden würden. Wir sollen rüberkommen."

Kate lehnte an der Wand und sah ihn an.

„Mike, ich wäre eine schlechte FBI-Agentin, wenn ich nicht merken würde, was jetzt hier abgeht."

Er lehnte sich gegenüber von ihr an den Küchentisch und runzelte leicht die Stirn.

163

„Ex-FBI-Agentin", stellte er mit einem schiefen Grinsen richtig, aber als Kate keine Miene verzog, zuckte er resigniert mit den Schultern.

„Kate", sagte er leise und ging einen Schritt auf sie zu. „Ich weiß, dass du noch Alpträume hast, auch wenn du das mit Sicherheit Doktor Feigler nicht gesagt hast, als du die Therapie abgebrochen hast. Ich weiß auch, dass du wenig Appetit in letzter Zeit hast, aber erst heute habe ich gesehen, wie sehr du abgenommen hast."

Sie wollte etwas sagen, aber er hob die Hand.

„Nein, bitte lass mich ausreden. Ich mache mir ernsthaft Sorgen um dich."

Jetzt war er bei ihr angekommen und legte beide Hände auf ihre Schultern. Er spürte ihre Körperspannung, als sei dies das Einzige, was sie noch aufrecht hielt.

Sie schüttelte den Kopf, so heftig, als wolle sie eine Fliege verscheuchen. „Und da glaubst du, wenn Omar mich mit Essen vollstopft, wird alles gut?", fragte sie mit leicht aggressivem Tonfall.

Er seufzte, ließ aber seine Hände, wo sie waren.

„Natürlich nicht. Aber ich dachte…" Jetzt schüttelte er den Kopf. „Ist auch egal. Nein, wir müssen nicht zu Omar und Jasmin gehen."

Kate sah ihn an. „Was willst du dann?", fragte sie leise.

„Das du Hilfe annimmst. Ganz gleich von wem, aber schnell. Bitte, Kate, bitte." Noch nie hatte er so flehentlich geklungen.

Fast hätte sie schroff geantwortet, dass sie weder verrückt noch selbstmordgefährdet war, aber sie beherrschte sich. Das hatte er nicht verdient.

Nach einer Weile des Schweigens zog er sie an sich heran und umfing sie fest.

„Bitte", sagte er leise an ihr Ohr und spürte, wie sie nickte. Als er sie nach einer Weile aus der Umarmung entließ, sagte sie: „Auch wenn ich keinen Appetit habe, ich denke, dass unsere Patenkinder jetzt eine gute Gesellschaft wären."

Nachwort:

Die von mir geschilderten Geschichten, Einrichtungen und Menschen sind fiktiv. Allerdings sind die Straßen und Plätze und viele der erwähnten Gebäude in meiner Heimatstadt Plauen real.

Real ist auch die Plauener Kaffeerösterei und ihr Besitzer Daniel, der so freundlich ist, mir zu gestatten, Teile meiner Geschichten in seinen Räumen anzusiedeln, das gleiche gilt für das Kaffeehaus Müller, dessen Besitzer Rico Wagner mich im Fall „Stollentod" fachlich beraten hat.

Danke an all die netten Plauener, die mir via Facebook eine Auswahl an Bildern vom Kemmler zur Verfügung gestellt haben. Die Auswahl fiel mir wirklich nicht leicht- das Titelbild ist von Annelies Albert. DANKE!

In diesem Buch spielt ein Teil der Handlung in Fröbersgrün bei Plauen. Es ist eine Hommage an das Dorf, in dem meine Oma, als jüngste Tochter des örtlichen Schneidermeisters, geboren wurde.

Zur Autorin:

Annette G. Krupka wurde in Plauen geboren.
Sie besuchte hier die Schule, lernte Krankenschwester, studierte später Pflegemanagement, erwarb einen Masterabschluss und ist als freiberufliche Unternehmensberaterin tätig.
Heute lebt sie in einer Thüringer Kleinstadt und hat ein Fachbuch zum Thema Pflege veröffentlicht.
„Game" ist der vierzehnte Teil um die ehemalige FBI-Agentin Kate Schulz.
Weitere Folgen sind geplant.

Liebe Leser, danke, dass Sie Kate Schulz bis zum Ende des vierzehnten Falles gefolgt sind.

Sind Sie neugierig, wie es weiter geht mit Kate Schulz???
Bald ist es so weit:

Kate Schulz 15 – „Nemesis" -

Ein wahrhaft goldener Herbst in Plauen. Hauptkommissar Mike Köhler und sein Team sind froh über eine relativ ruhige Zeit. So können sie einige ältere Fälle, sogenannte Cold Cases, wieder einmal unter die Lupe nehmen.
Auch bei Schulz Security gibt es nur die üblichen Geschäftsaufgaben, zumal sich Kate Schulz gerade in den Staaten aufhält.
Da wird der achtundvierzigjährige Carlo Weber tot am Komturhof aufgefunden. Die Kehle wurde ihm durchgeschnitten. Bei seinen Ermittlungen stößt Mike Köhler auf Menschen, die sich nur positiv über den Toten äußern, sei es als Besitzer einer überregionalen Baufirma, als Ehemann oder Vater.
Aber dann bröckelt dieses Bild plötzlich. Führte Weber ein Doppelleben? Wie kam zum Zeitpunkt seines Todes die Nachricht auf sein Smartphones- NEMESIS? Wer wollte hier so blutig Rache nehmen und warum? Plötzlich überschlagen sich die Ereignisse und für Mike Köhler ist es vorbei mit dem friedlichen, goldenen Herbst. Aber glücklicherweise hat er Kate Schulz wieder an seiner Seite.

Leseprobe- „Nemesis"

„Also die neue Lokation ist ja mal wirklich abgefahren, was meinst du?"

Sindy Farber stieß ihre Freundin an, die langsam neben ihr entlangtrippelte.

„Hallo, noch an Deck?", fragte Sindy nach, als Melissa keine Antwort gab.

„Mir tun tierisch die Hufe weh", murmelte Melissa und stöhnte auf.

Sindy sah auf deren Füße. „Das ist ja auch kein Wunder. Zieh sie aus." Kopfschüttelnd schaute sie auf die High Heels ihrer Freundin, allein deren Anblick bei ihr Schmerzkrämpfe in den Füßen auslöste.

Melissa Konrad war nur Eins Zweiundfünfzig groß und versuchte dies permanent mit hochhackigen Schuhen auszugleichen. Jetzt blieb sie stehen und setzte sich auf die Schaufensterbank des Sportartikelanbieters, an dem sie gerade vorbeikamen.

Sindy setzte sich neben sie und blickte zum erleuchteten Schlosscampus hinauf. Melissa sah nicht so aus, als wolle sie sich in den nächsten Minuten wieder erheben, also traf Sindy eine Entscheidung.

„Weißt du was, bleib hier sitzen. Ich hole das Auto", sagte sie schließlich und stand auf.

Melissa sah sie an. „Nee. Ich lasse dich doch nicht mitten in der Nacht allein durch die Pampa gehen."

Sindy winkte ab. „Das Auto steht direkt an der Pforte. Ich laufe quer über den Komturhof und bin

169

schon da. Dann komme ich über die Hofwiesenstraße
her und lade dich ein. Fünf Minuten."

Melissa erhob sich und schlüpfte entschlossen aus
den Schuhen. Es war eine kühle, aber nicht kalte
Herbstnacht und sie trug unter ihrer Leggins keine
Strümpfe. Mit einem erleichterten Seufzer stellte sie
die Füße auf das kühle Pflaster.

„So, wir gehen gemeinsam. Komm."

Sindy lächelte. Sie fand es nett von ihrer Freundin, sie
nicht allein gehen zu lassen. Nicht, dass sie Angst
hatte, sie konnte sich im Notfall recht gut verteidigen.
Nein, sie fand es einfach…nett.

Sie hakte sich bei der Freundin unter, die mit einem
lauten „Aua" bereits auf den ersten Stein getreten
war.

„Na das kann ja lustig werden", murmelte Sindy und
passte ihre Schritte den kleinschrittig- vorsichtigen
von Melissa an.

„Wir können auch die Straße gehen", bot sie an, als
sie am Pflegeheim vorbeikamen, aber Melissa zog sie
in Richtung Komturhof.

„Das ist ein Umweg", sagte sie bestimmt und hum-
pelte tapfer neben Sindy her.

„Gleich geschafft", sagte diese und stoppte plötzlich.

„Ist was?", fragte Melissa alarmiert und Sindy deutete über die Rasenfläche. Dort, am Fuß des ehemaligen Dansker, lag in der Dunkelheit ein Mensch.

„Schau mal, da liegt einer."

Melissa kniff die Augen zusammen. „Bestimmt

besoffen, komm."

Sindy sah sie entrüstet an. „Den können wir doch nicht einfach so liegen lassen. Was, wenn er erstickt?"

Melissa seufzte auf. „Okay, aber wir gucken nur und rufen dann die Rettung. Das letzte Mal, als ich einem Besoffenen helfen wollte, hab ich eine auf die Nase bekommen, weil der dachte, ich will mich in die Schlägerei einmischen, die kurz vorher stattgefunden hat und…"

„Ja, ist ja gut", kürzte Sindy die Sache ab und zog Melissa über den feuchten Rasen.

„Hallo", rief sie den Mann, denn als solcher machte sie ihn rasch aus, schon aus einiger Entfernung an. „Hallo, brauchen sie Hilfe?"

Als sie keine Antwort erhielt und nicht einmal eine Regung wahrnahm, ging sie näher heran, während Melissa ihr Smartphone aus der Tasche gezogen hatte.

„Also ich rufe jetzt die Rettung", sagte die, während sich Sindy über den Mann beugte.

Mit einem Aufschrei sprang sie zurück und stieß dabei Melissa zu Boden, deren Smartphone in hohem Bogen in den Rasen flog.

„Spinnst du?", schimpfte Melissa Konrad und rappelte sich wieder auf, während ihre Freundin wie paralysiert auf den regungslosen Mann starrte.

„Was ist denn?", fragte sie Sindy, die ihr nicht antwortete. Kopfschüttelnd suchte sie nach ihrem Smartphone, als sie plötzlich die Nässe an ihren Händen spürte. Voller Ekel verzog sie ihr Gesicht.

Na toll, wo hatte sie da hineingegriffen?

Im spärlichen Licht der entfernten Laterne hielt sie die Hände an ihre Augen.

Sie schrie los, so dass sogar Sindy aus ihrer Erstarrung gerissen wurde und die Freundin ansah.

Melissa Konrads Hände waren voll mit Blut.

Die Fälle von Katherina „Kate" Schulz sind in sich abgeschlossen. Wer aber an den Entwicklungen der Protagonisten interessiert ist, sollte beim Band 1 „Lebensborn" beginnen.

Was bisher geschah:

Katherina „Kate" Schulz wanderte als 15-jährige mit ihren Eltern, einem Arztehepaar, aus Deutschland in die USA aus.

Heute ist Kate Schulz Special Agent beim FBI in Atlanta, als sie einen Anruf aus Deutschland erhält. Ihre Großmutter wurde Opfer eines Verbrechens. Da ihre Eltern 9/11 in einem der Flugzeuge saßen, die das World Trade Center trafen, fliegt Kate als einzige noch lebende Verwandte nach Plauen, die Stadt, in der sie ihre Kindheit und Jugend verbrachte. Gemeinsam mit Hauptkommissar Mike Köhler von der Kriminalpolizei Plauen versucht sie, das Verbrechen an ihrer Großmutter aufzuklären.

Der Rechtsmediziner und Pathologe, Professor Omar Amri, findet bei der Autopsie der Toten heraus, das diese nicht Kates leibliche Großmutter gewesen sein konnte und ihre Mutter adoptiert wurde. Erst nach und nach wird Kates Familiengeheimnis gelüftet.

Kate entschließt sich, ihren Dienst beim FBI zu quittieren und in Plauen eine Detektei und

Personenschutzfirma zu gründen. Damit steht sie bald in direkter Konkurrenz zu Bogdan Serwowitsch, dem Plauener Bordellkönig. Dennoch etabliert sich Kate erfolgreich in Plauen.

Im Laufe der Zeit kommen sich Kate und Hauptkommissar Köhler auch menschlich näher, ebenso wie Jasmin Weidner, Kates stellvertretende Geschäftsführerin und der Rechtsmediziner Omar Amri.

Bisher erschienen sind (in chronologischer Reihenfolge):
Lebensborn
Golem
Entführt
Methusalem
Filmriss
Virus
Engelsflug
Würgemale
Verlassen
Culpa
Phobie
Stollentod
Klassentreffen
Game